全民微阅读系列

用我的温柔为你疗伤

YONG WO DE WENROU WEI NI LIAOSHANG

苏丽梅 著

江西高校出版社
JIANGXI UNIVERSITIES AND COLLEGES PRESS

图书在版编目（CIP）数据

用我的温柔为你疗伤 / 苏丽梅著 . — 南昌：江西
高校出版社，2017.11 （2021.1 重印）
（全民微阅读系列）
ISBN 978-7-5493-5050-6

Ⅰ. ①用⋯　Ⅱ. ①苏⋯　Ⅲ. ①小小说—小说集—中国
—当代　Ⅳ. ① I247.82

中国版本图书馆 CIP 数据核字（2017）第 017547 号

出 版 发 行	江西高校出版社
社 　 　 址	江西省南昌市洪都北大道 96 号
总编室电话	（0791）88504319
销 售 电 话	（0791）88592590
网 　 　 址	www.juacp.com
印 　 　 刷	永清县晔盛亚胶印有限公司
经 　 　 销	全国新华书店
开 　 　 本	700mm×1000mm 1/16
印 　 　 张	14
字 　 　 数	160 千字
版 　 　 次	2017 年 11 月第 1 版 2021 年 1 月第 2 次印刷
书 　 　 号	ISBN 978-7-5493-5050-6
定 　 　 价	45.00 元

赣版权登字 -07-2017-60

目 录

第八辑　社会众生相 / 199

第一辑 难忘一份情

芸芸众生，茫茫人海，或许，总有那么一份情，留存在您的心里．想来，能够历久弥香，抑或是，这份情虽然苦涩，而却可以在您的内心深处，引起了您的共鸣．我想说的是：其实，这份情不止在爱人或者恋人之间，或许还在与陌生人相处之间……

教育问题

夫妻俩之间的战争，使得孩子幼小的心灵有了秘密，在一次偶然的机会中，这个秘密让他和她目瞪口呆……

自从孩子上幼儿园之后，她的整个身心都在孩子身上。在工作和生活中，她给人的印象就是一个女强人，无所不能。家里有女汉子，他乐得清闲，每天下班回来，喝茶看报，大小事务不用他操心。

他们在同一个屋子里生活，是相亲相爱的一对夫妻，而同时，在有些时候，她忙她的工作，和她的朋友聚会，而他也一样。日子平淡又温馨，特别是女儿妞妞出生之后，他们的重心转移到了孩子

用我的温柔为你疗伤

身上，出去游玩也是一家三口，温馨的家庭气氛，使得两颗年轻的心扭得更紧密了。而这份紧密，却在妞妞上幼儿园之后开始逐渐消失。

为了让妞妞不输在起跑线上，她给妞妞报了钢琴班、舞蹈班、英语班、画画班。等妞妞从幼儿园回来，她带着妞妞几乎小跑着进了小吃店，两人吃点东西，就奔往钢琴班。俗话说：拳不离手曲不离口，钢琴学了就要练，于是，每天晚上，她整个时间都花在陪妞妞练钢琴上，而周末同样安排得满满的舞蹈、英语、画画。看着她忙碌的身影，妞妞疲惫的身影，他发出了抗议，说："孩子这么小，你就饶过她了吧，少学点，看把孩子累的。""你懂什么？你整天在家不知道外面的世界，你知道现在的家长多重视孩子的教育，现在不让妞妞多学点，以后怎么在社会上立足。"她振振有词。见反对无效，自此后他索性不再发表见解，只是看到妞妞经常累得眼睛都要垂下去了，还要在母亲的监督下练琴，他于心不忍。为了弥补对妞妞的亏欠，只要有时间，他总是带着孩子逃离她的视线，父女俩在外面玩个痛快。

如果说妞妞上幼儿园他们之间意见出现分歧那还算小事了，三年之后，妞妞上了家附近的实验小学。妞妞上小学之后，不再像上幼儿园一样没有功课的压力，有时候单单家庭作业就写到十点多，在这样的情况下，还要抽出时间练钢琴、学英语、学画画，妞妞越来越吃不消了。有次，妞妞做完作业洗完澡十点半了，她还逼着妞妞去练琴，他再也看不下去了，久憋在心里的不满一股脑爆发出来，他大吼着："别练了！都几点了练什么。也不看看孩子都累成什么样了。"看到他发怒的样子，她很生疏地盯着他，大声咆哮道："反了天了你，老娘这样辛辛苦苦是为了什么？你不但不夸一声好，还在这跟老娘发脾气。妞妞是跟谁姓？她怎么不跟我姓？我努力把孩子培养成人，我错了吗我？”她越想越气，想起一大早，外面天寒地冻，她早早起来准备早餐，吃完早餐，自己带着妞妞到外面上英语班。那次刚好天上下着小雨，路很滑，她一不小心，车差点撞到了栏杆，她顿时被吓得魂飞魄散。看到人家都是父亲来接送，她却经常是自己风里来雨里去，她这么辛辛苦苦地付出，孩子各方面却不尽如人意，什么都差人一等。想到这里，她内心更加不平衡，随手抓起桌上的杯子，狠命地往地板上砸，边砸边哭诉道："你这个男人，我还没说你呢！你就是一个不求上进的男人，整天打球、游泳，也不想着要在孩子面前树立好形象，你简直就是一个废物、饭桶，头脑简单、四肢发达……"她越骂越起劲，东西也越扔越多，整个家里哗啦啦响。他原本还想息事宁人，一听到她骂自己废物、饭桶，他再也无法忍耐下去，搬起桌上的一台笔记本电脑，狠狠地砸了下去，说："你说谁废物、饭桶来着，我看你就是一个神经病，你把自己的意愿强加在孩子身上，你就是一个势利鬼，我就不愿意妞妞那么辛苦学习，我要让她快快乐乐成长。今天我也把话跟你挑明了，以后别再带我的女儿去学这学那，要不我跟你没完……"两人越吵越凶，过了许久，两人才发现，原本在书房玩电脑的妞妞不知道什么时候跑了出去，两人这下慌了神，发疯般地跑出去寻找。

　　夫妻俩在外面找了一圈没找到，当他们疲惫地往家的方向走时，发现妞妞就在前面不远处正和同学在说话。两人互相看了一眼，没说一句话，默默地走向妞妞。只听到妞妞对同学说："唉，我爸爸妈妈为了我学习的事又在吵架了，这都不知道吵了多少次了，反正我已经习惯了。以前我还傻傻地待在家里听他们吵架，都快烦死了，现在我学乖了，只要他们一吵架，就没时间管我，我就可以溜出来找同学玩。"妞妞说着，得意地扬起了脸。那位同学听了，好奇地问道："是真的吗？看来我也要想想办法，让我爸爸妈妈吵起来，这样我们就可以一起出来玩了……"听了两个孩子的对话，她和他不禁惊讶地张大了嘴巴。

难忘一份情

同学之间，有着关于她的流言蜚语，殊不知，这流言蜚语的背后，隐藏着一个感人的故事，读来，让我们心里感动不已。

我们班的霄春梅，现在在一家演艺吧上班。听说前段时间一位六十多岁的老头送她回家，咳。

林晓红跟我说起霄春梅的时候，听得出她轻蔑的口气。从高一至高三，我、林晓红、霄春梅和渔小米是形影不离的好朋友。毕业后，我们四人中，只有渔小米考上大学，我在家乡的一所小学当了代课老师，林晓红和霄春梅到厦门打工。

林晓红对我说这事的时候，我一点也不感到惊讶。我所在的小学是霄春梅他们村里的小学，每次下课，几名教师待在办公室，喝茶聊天。自然的，六十多岁的老头送霄春梅回家的消息传到我们耳里。同事们在谈论的时候，我感觉到我的脸不自觉地红了起来，根据同事的描述，霄春梅跟那老头是在演艺吧认识的，他们有着暧昧关系。我为霄春梅做出如此不齿的事而感到羞愧，当同事问我跟霄春梅是不是同学时，我急切地摇了摇头。

渔小米考上大学以后，就没跟我们联系过。而我和林晓红，觉得没考上大学没面子，于是显露出了不肯高攀渔小米的高风亮节。而霄春梅，虽然她也没考上大学，但自以为清高的我们却看不起她的所为，不屑与她为伍。

如此，我和林晓红成了一条战线上的人。不时的，林晓红会从厦门回家看望父母，每次回来，林晓红总会找到我，跟我说上几句话。说得最多的，还是关于霄春梅的一些传言。林晓红说："霄春梅在厦门混得不错，还买了房子。"说这话的时候，我们都觉得不可思议，厦门的房子多贵啊，霄春梅肯定有不正当的收入，要不怎么会买得起房子。在我们心里，怎么也无法想象，那个清高不可一世的霄春梅会为金钱出卖青春。

一说起演艺吧，我和林晓红就会表现出很痛恨的表情，既是嫉妒霄春梅混得比我们好，又是对她在那种场合混饭吃表示轻蔑。我和林晓红不止一次谈论演艺吧里的龌龊与阴暗，甚至讨论着到演艺吧一看究竟，看看在那个霓虹灯闪烁的舞台下，那些俊男靓女如何出卖自己的青春。

这样想着，这事成了我们迫切想要实现的一件事。林晓红悄悄跟我说，走吧，我们看看霄春梅去，我知道她在哪个演艺吧，上次在路上碰到她，我假装没看到她，跟在她背后记下了她的地址。

林晓红这样说，我没理由拒绝了。想到长这么大都没去过大城市，特别不知道演艺吧里面的情况，我就觉得自己太老土，我向学校请了假，和林晓红来到了厦门。

我和林晓红怯怯地来到霄春梅所在的演艺吧。走进大门的那一刻，面对热情的服务小姐，我们都觉得心虚，有如刘姥姥进入大观园。在座位上坐定，我们看到演艺吧里面的摆设，心里觉得很自卑，要不是为了了解霄春梅工作的环境，说不定这辈子我们都没机会走进这样的场合。

我和林晓红在座位上坐了下来，并点了杯饮料。过了一会，周围响起强劲的音乐声，几个俊男靓女走到舞台上，迈着矫健的步伐，做出火辣的动作，周围尖叫声一片。我和林晓红睁大眼睛，寻找霄春梅的影子。过了一会，林晓红碰了碰我的胳膊肘，说："看到没有，那个化着浓妆，穿着胸罩，露出肚脐眼的就是霄春梅。"

看到霄春梅的打扮，我顿时感到脸红心跳。人真是善变啊，那么一个淳朴的乡下女孩就堕落成这个样子了。看到周围染着多种颜色头发的男生对着舞台上的她们发出的一声声尖叫，我和林晓红不约而同地跑出了演艺吧。

我和林晓红彻彻底底地把霄春梅拉入了记忆的黑名单。

转眼，二十年过去了，当年的班长发挥出了他强大的组织能力，联系到了二十年前的高中同学，并邀请大家参加同学会。这一突如其来的消息让我们感到非常兴奋。

同学会上，我和林晓红一直寻找霄春梅的影子，结果却让我们感到失望。班长说，霄春梅工作忙没来，但是带来了对大家的祝福。我在心里嗤笑着，猜想霄春梅是怕在同学面前丢了面子，不过霄春梅没来并不影响我们的情绪，我们个个喝得酩酊大醉。席间，我们惊讶地听说失散多年的渔小米居然当上了县里的一把手。

酒足饭饱，大家都要求渔小米说几句话，渔小米也不客气，她优雅地站了起来，说："同学情同学情，其实我最珍惜的就是我们同学之间的情意，这是一份非常珍贵的情意。今天，虽然霄春梅没到场，但在这里，我却要当着同学的面表达我对霄春梅的敬意。二十多年前，我考上大学，那时因为家里穷，我经常饿肚子，那时的霄春梅刚到厦门找工作，原先她跟我说，有家演艺吧看中她美好的身材，要她去上班，可是她不愿意，觉得自己不适合那种场合。那天，当她得知我在学校没钱吃饭，马上回去跟演艺吧的老板签了合同，并提前向老板支出工资寄给了我。后来，大学三年时间，霄春梅总是时不时地寄钱给我。我知道外面有很多关于霄春梅的传闻，很多同学因此看不起她，在这里，我以我的人格担保，霄春梅还是那么纯洁，她还是二十多年前那个淳朴的霄春梅……"渔小米还没说完，已是泣不成声。而在座的每一位同学，亦是泪光闪烁。

邂逅尹晓娜

一段纯真的感情，一段心痛的爱情，淡淡的忧伤里，有着对尹晓娜的思念及敬仰……即便时间流逝，相信这永远是一段刻骨铭心的爱情。

用我的温柔为你疗伤

那个寂寥的午夜，在窗台上淡淡茉莉花香的陪伴下，我读懂了她伤感的文字。

那段清幽的文字，撩起我心的涟漪。此时，她失恋了，彼时，我也失恋了。

那段经历了八年的爱情啊，那段有如燕子衔泥般点点滴滴积累起来的爱情，一夜之间，土崩瓦解灰飞烟灭。

多少个寂寥的夜，我用一根根香烟燃烧自己的神经以及我行尸走肉的躯体。唯有她的文字，让我找到似曾相识的感觉。

某个午后，我按着她留下的QQ号码，添加她为好友。我说："尹晓娜，我想见你。你想见我吗？"

QQ那头，她疑惑地点了点头，直至，我倒背如流地列举出她写的文章篇名，然后让她相信我是她十足的粉丝为止。最终，她发出一个颌首点头的表情。

回荡着优雅抒情音乐的咖啡厅里，一位女孩，瓜子脸，飘逸的长发遮住了半个脸庞。凭着直觉，我喊了一声：尹晓娜。

她清秀地点了点头，同时脸微微对我笑了笑。我看到，她白皙的脸蛋现出的两个小酒窝，浅浅的，很迷人。

"你见过生石花吗？沙漠里生存的一种花，有很顽强的生命力。"她似乎面对的是一个非常熟识的朋友。

我摇了摇头。

文字、着装、美食、旅游，我们开始天南地北聊着。末了，她悠悠地说，我很爱他，但我还是选择离开他。我凝视她的脸，此时，她的一双眼睛正盯着窗户外边的一棵蝴蝶兰出神，而枝上的两朵蝴蝶兰，却挨得很近，似乎在勾肩搭背，一副很亲昵的样子。

于是，她跟我说起那个男孩，牛仔裤、T恤衫、旅游鞋，清爽的着装，却始终焕发着青春气息的男孩。她还告诉我那个男孩喜欢摄影、打篮球、唱歌。

"既然喜欢他，为何选择离开？"我问尹晓娜。

"有一种爱，只能埋藏在心底。"她淡淡地说。

我也跟她说了我的情感经历。她听完，咯咯笑着，边搅动着手里的咖啡，边说："这样说来，我们是同一条船上的人了。"我再次凝视她的脸庞，在咖啡雾气的蒸腾下，她显得更加妩媚动人。

春去秋又来，她的文字一如既往地现于各个刊物。似乎，她敲击键盘的手从不曾停息，而我QQ好友她的头像，却一直灰暗地挂在那里，日复一日。

我终于有了再次跟她见面的想法，我给她留言，说："尹晓娜，你上哪去了，圣诞节我们聚聚吧，不见不散哦。"

以后，我每天都会登录QQ，留意她给我的答复。但是，一次又一次，我始终失望之至。我再拨打她的手机，对方已经关机。要不是她发在刊物上的文字，我真怀疑，她已从地球上消失。

我发现我已喜欢上了她。她那种淡定的眼神，始终在我头脑中萦绕。那种眼神，深邃而隽永，有如广袤的天空，一望无垠；有如浩瀚的大海，蔚蓝无边。每一次她的影子在我脑中浮现，我就心乱如麻，继而颓废不止。思念的毒蛇，噬咬着我的内心，纠结成一团团痛苦的思绪。

敲门声响起，门开处，一位男孩站在我面前。牛仔裤、T恤衫、旅游鞋，让我想起她诉说过的他。男孩给我递来一个包裹，说："你是卢雪轩吧，尹晓娜叫我给你送一样东西。"我打开一看，是一盆植物。似卵石的一簇花茎上，开着一朵黄色的花，菊花的姿态在我眼前闪耀。盛开的花朵把整个花茎遮盖在下面，艳丽无比。我从包裹里拿出一封信，是尹晓娜寄来的，她对我说："一切还好吗？我给你寄一盆生石花，这是我自己栽种而又非常喜欢的生石花，送给你。祝福你忘却所有烦恼，来年的春天，能够重新收获爱情。

　　我把生石花放置阳台，同时一双手慌乱地在包裹里翻找。我想寻找尹晓娜的联系方式，哪怕一个电话号码，一个地址，或者一点关于她的蛛丝马迹。可最终，我失望了。回头，我凝视那盆生石花，典雅的花朵正迎风飞舞，似乎在嗤笑我的落寞。我忽然想起那个送花的男孩，不知何时，他已退出我的视野。我飞奔着追到楼下，正看到他飘逸的脚步向前迈去，我大声喊道："你等等，请问尹晓娜去哪了。"

　　"她已经离开我们了，癌症夺去了她年轻的生命。"男孩看着我，两手插在头发里，痛苦地说。我原来不清楚他跟我分手的原因，现在才知道。她是个坚强的人，在生命的最后时刻，仍忍受着病痛的折磨，写下一篇篇文章，直至最后一天。

　　我看着生石花，想起尹晓娜跟我说的话：在非洲南部的一些地区，气温高，雨量少，降雨集中，旱季较长，一般植物很难生存。然而，这里却生长着生石花。自然的选择虽然无情，生石花却有了对环境的挑战与磨合，最终能够在沙漠上独树一帜……

钟点工

有些时候，我们经常会自我感觉良好，甚至于内心深处，有着一种优越感。生活，却始终给我们敲响警钟，要我们记住，那具有讽刺意味的一幕……

在林小靖成为房奴的第一天开始，她就感到天空和以前不一样了。以前的天空是那么毫不起眼，一样出太阳、一样刮风、一样下雨。可是自从她当上房奴之后，她觉得天空变得色彩斑斓并且充满着阳光气息。房奴生活的开始，使得她对未来生活充满向往，生活也有了存在的意义。也就是说，林小靖非常乐于成为一名房奴。

说的也是，在房价如气球一样膨胀的今天，能成为房奴是一件多么幸福的事，说明生活在过得还不错的同时，还能有支付房贷的能力，这个房贷，每个月少说也要好几千，这更是个人能力的象征。

林小靖买的是二手房，而即便是二手房，即便房子的面积才五十几平方米，可是，二手房的价格已经到了两万五一平方米。也是，在厦门这样的花园城市里，多少人梦寐以求能够拥有一套属于自己的房子。正因为有那么多的人想办法涌入这座城市，才使得这座花园城市的房价越来越高，虽然面积不大的房子，买下来至少也要一百多万，而这一百多万，非一般打工者可以承受。

林小靖房子买了之后，首先通过QQ、微信公布了她成为房奴的好消息，同样，她得到了朋友的赞扬、羡慕、鼓励。如今通讯发达，就在一夜之间，林小靖在厦门买房的消息以一传十十传百的速度，让她家乡的父老乡亲，让她小学、初中、高中、大学的同学都知道了这一振奋人心的消息。

林小靖搬进房子之后，由于夫妻俩忙于工作，有时一个星期打扫一次卫生。有一次，林小靖与同学聊天，听同学说家里请了钟点工，林小靖听了，如梦初醒，是啊，现在不是时髦请钟点工吗？咱一样可以请钟点工啊。

林小靖这样想着，马上跟同学要了钟点工的电话号码，跟对方约了这个周末到家里打扫卫生。

约定的时间到了，门铃准时地响了起来。林小靖知道，钟点工到了。林小靖已经从同学那里知道钟点工的名字叫阿英，阿英四十几岁年纪，齐耳短发，圆圆的脸型、黝黑的皮肤。阿英一看到林小靖，笑容满面地与林小靖打招呼，林小靖冷漠地笑了笑，说："一个小时四十元，对吗？我房子也不大，就做两个小时吧。你现在可以打扫了。"

阿英一看林小靖的阵势，一副高高在上的样子，也就不再与林小靖说话。她拿出洗涤用品，开始打扫卫生，阿英从客厅开始打扫，窗户的玻璃，客厅的边边角角，阿英手脚麻利地清理。林小靖跟在阿英身后，目不转睛地盯着阿英干活。"阿英，这边一根头发没捡。""阿英，这门背后还有灰尘。"林小靖大着嗓门使唤阿英。阿英从头到尾没说一句话，林小靖说那边有一根头发，阿英把头发捡起来放进垃圾桶，林小靖说门背后有灰尘，阿英手拿抹布，把门背后擦个晶亮。

客厅打扫结束，阿英走进厨房，林小靖也跟着走了进去。厨房是藏污纳垢之地，单那油腻腻的油烟机、灶台，都够阿英忙一阵子。阿英先把油烟机拆下来放在盆里，在盆里放进洗衣粉，再放进热水对油烟机进行清洗。林小靖看阿英一时半会无法完成，走进客厅，打开电视，一边跷着脚丫嗑着瓜子，一边欣赏电视节目。

电视正演到精彩处，阿英从厨房走出来。她理了理额头上的头发，对林小靖说："小林，厨房卫生也搞完了，你去看看。两个小时到了，我要走了，那边还有一家卫生要做。"林小靖听了，趿拉着拖鞋，边嗑着瓜子边走进厨房。

"阿英，你看看这油烟机，这边还没洗干净你就挂上去了，拆下来重洗吧。"林小靖站在油烟机旁，双手叉腰，对阿英指手画脚。

阿英转过身来，重新把油烟机拆下来洗。林小靖站在旁边看阿英干活。为了不至于太尴尬，林小靖没话找话地跟阿英唠嗑："阿英，你来厦门多久了？"

"五年了。"阿英说

"哦。你老公是做什么的？你们应该还没买房吧？你看现在厦门房价多高，唉，这房子可不是一般人买得起的。"林小靖说。

"我老公经营一家家政公司，我在家没事做，就跟着出来接活，日子比较充实。哦，你说房子啊，我们也是去年才买，碰上高房价了。"

"哦，你们也买了房子了啊！"林小靖一愣，吃惊地问。

阿英点了点头。

"你们房子买多少平方米的？有我这房子大吗？"林小靖好奇地问。

"比你这大一点，一百二十三平方米。"阿英平静地说。

"啊……"林小靖"啊"刚要说出口，忽然若有所思，赶紧用手捂住了嘴巴。

看这忙帮的

尘世中,有些人经常喜欢以自己的主观感受去揣测别人的心思,并且,自作聪明自以为是,可叹那满腔的热情,最终跌落在世俗的尘埃里。

周六,我和几个同事约好了,到外面吃饭。

18时30分,我准时来到"迎客来"大酒楼,我在座位上着,绰号叫"阁楼女"的同事指着坐在她旁边的一位女孩,大大咧咧地介绍道:"这是我老乡,在校大二学生,叫小秦。"我偷偷看了一眼,这女孩子长得还算清秀,就是衣着比较老土,看样子跟咱一样,是个农村娃。不同的是,经历岁月的洗礼,咱已渐渐蜕变成一位看起来有素质、有涵养的书生。

菜一盘盘上来了,我们尽扫斯文样,狼吞虎咽,大家都是熟人,本来就没什么好拘束的。我边吃边偷偷看着坐对面的女孩,只见女孩举着筷子,迟迟不敢下手。我用胳膊肘动了动"阁楼女",对她说:"你好歹招待下人家啊,别只顾着自己吃,真是不懂待人之道。""阁楼女"反应过来,夹了块鱼肉到女孩碗里,说:"吃吧,别跟这些色狼客气。"

女孩终于动起筷子。这时,我们肚子也填得差不多了,开始你一言我一语地胡侃。慢慢地，几个哥们开始打听女孩的身世，女孩一副矜持的样子，不说一句话，倒是"阁楼女"介绍了女孩。女孩家在一个很偏远的山区，家里经济很不好，为了给女孩上大学，她家已欠下不少钱。所以，每到暑假，女孩就要出去做暑假工。

听完"阁楼女"的话，我发现，我的镜片上居然被蒙上一层白雾，原来是自己不知不觉流下感动的泪水。想当初，自己也是带着萝卜干完成学业的。女孩的身世，让我想起了往事，想到这里，我再也坐不住了，从钱包里数出一千元钱，对女孩说："唉，可怜的孩子，这一千元你收下吧，就当我帮你一点忙。"女孩惊愕不已，推辞许久，终于收下了。

本来，这事应该就这样过去了，可是，事情却没那么简单。第二天我到公司，"阁楼女"第一个来到我办公桌，皮笑肉不笑地对我说："杭航，你该不会是对我那个老乡有意思吧，开始做感情投资了？"我听了，指着阁楼女的鼻子说："你这女人，没一点良心也就罢了，居然以小人之心度我君子之腹，可恶。""阁楼女"一点也不在乎，笑嘻嘻地扭着屁股走了。我松了口气，刚要坐下来，几个男同事又走过来，其中一个阴阳怪气地说："杭帅哥，看不出啊，还真有你的。对，我们年轻人就要这样，敢作敢当，想爱就去爱。不过，她才上大二啊，你要耐心等啊，要经受情感的折磨啊，可怜啊。"我气不打一处来，直接从桌上抓过一支圆珠笔扔过去。

没一袋烟工夫，同事就都知道了这事，我也成了他们的笑料，受关注指数达到百分之百。

几天后，同事小张找到我，哭丧着脸对我说："杭哥，救救我吧，我没钱花了。"我奇怪道："我好像不是救助站吧。"小张辩解道："没说你是救助站啊，最近手头紧，借哥们一千元吧，下月工资拿了还你。"我瞪着一双疑惑的眼睛盯着小张看，小张被我看得不好意思，说："不就借一千元吗？至于把人看得这么透彻吗？"看他一副可怜的样子，我顿时忘了他以前跟我借钱没还的痛楚了，马上掏出一千元给他。唉，谁叫咱心肠软呢。

这天，午休的时候，听同事跟小张要钱，我才想起这小子欠我的钱还没还呢。自他借了钱后，这都又领了几个月工资了，都没听他提还钱的事。趁着小张把钱还给同事的当儿，我也提出了抗议，对小张说："哥们，该是还钱的时候了，拿钱来。"小张看了看我，说："杭哥，你就别那么小气了，不就一千元钱吗？我知道，你不在乎这点钱的，对不？好了好了，以后别再提还钱的事了，有损您老人家的名声，这样吧，您就当救助了一位贫困的女大学生，可以了吧。"听得我这个气啊，差点就一口气没接上来。

想想这事闹的，唉。庆幸的是，我多少也是一个洒脱之人，拿得起放得下，所以，我的日子依然过得有滋有味。

又是一个周六，想着晚上可以和几位老同学聚会，我的心情舒畅无比。我吹着口哨，走在回家的路上，眼看就要到了，我掏出钥匙，准备打开房门。

"杭哥，你好。"拐角处，飘来一温柔女生的声音。我慌乱地抬起头，这不是小秦吗？看着她身边放着一大包行李，我奇怪道："小秦妹妹，你这是干什么去了？"小秦看了看我，低着头小声说："杭哥哥，谢谢你对我的帮助。""唉，你客气什么啊，小事一桩，不用谢。对了，进来坐吧。"我打开门，热情地招呼小秦进屋。坐定后，我给小秦倒了杯水，笑眯眯地问小秦："你这是从哪里来？又到哪里去？"小秦听了，"扑哧"一声笑了出来，再没刚才的拘谨了。她抬起头，不好意思地看了看我，又把头埋了下去，说："杭哥，我知道你是好人，那样帮助我。经过一个学期的思考，我，我决定报答你。"我听了，哈哈大笑，说："跟你说了，这是小事，别说什么客气话了，什么报答不报答的，真是的。"小秦坚决地说："不行，我说要报答就是要报答。"她坚决的语气把我吓了一跳，我索性逗她，说："那好，你说说吧，怎么报答。""我想了许久了，杭哥，我，我决定晚上跟你住一起，以报答你的帮助之恩。"我听了，顿时从沙发上跌了下来，眼镜也摔成两半了。我惊慌失措地说："别，别，小秦，你千万不要这样想。"可惜，小秦好像不听我的解释，她边从包里往外掏衣服，边说："我下定决心要做的事，就是十头牛也拉不回来的，你就让我住下吧。我想清楚了，你为什么帮助我啊？不就是喜欢我希望得到我吗？我……"她的话还没说完，我已经飞奔着仓皇地逃了出来。

三面伊人

　　曾经多么可爱的"三面伊人"，却因为一个幼稚的游戏，从此各奔东西。脆弱的心灵，一旦遭受伤害，犹如破碎的镜子，却已是修复无望。

用我的温柔为你疗伤

　　三个清纯的女孩，她们在同一家公司上班，又有着相同的爱好，她们都喜欢文学。有一天，喜欢文学的她们一起为自己取了一个名字，分别叫：风、雅、颂。取这名字是受我国第一部诗歌总集《诗经》的影响，诗经的内容根据乐调的不同，分为风、雅、颂。她们的名字来源于此。

　　风、雅、颂是很好的朋友，可以说是形影不离。三人住在同一间屋子里，在同个办公室上班，上班一起下班还是一起，一天二十四个小时，大部分都在一起。她们虽不是姐妹，在感情上却胜似姐妹。而她们的感情好到可以同吃一碗饭同穿一件衣服。

　　有那么一天，是中午休息的时间。这天，她们在玩一个游戏，这个游戏最近很流行，游戏的规则是：世界末日来临，她们三人共同拥有一艘船，这艘船的名字叫诺亚方舟，她们将乘坐这艘船逃生。问题的关键在于，这艘船只能容纳两个人，也就是说，三个人中有其中一个不能上船。风对雅和颂说："我们各自在一张纸上写下三个人的名字，随便你们想划去谁的名字，留下的两个就是可以乘坐诺亚方舟逃生的对象。"风把话说完，她们各自在自己的一张纸上写下三个人的名字，然后划去其中一个人的名字。

　　三个人面对纸张，脸上愁云惨雾。她们本来形同一体，划去谁都很不舍。可是，不划去其中一个，她们三个都没有逃生的希望。她们这样想着，更加认真地斟酌将被划去的那个人。

　　游戏的时间到了。三个人各自摊开自己的纸条，她们逐一进行查看。首先看的是风的纸条，风的纸条上画着一艘小船，小船上站着三个人，船的周围波涛翻滚。风给船上的三个人分别标上名字：风、雅、颂。当风摊开纸条时，雅和颂把头紧紧地靠了过来，她们想看看风划掉的是谁，结果她们看到风把自己的名字划掉了，也就是说，风用自己的生命换来了雅和颂生存的希望。风拿着纸条，眼含泪水对雅和颂说："姐妹们，我们的友谊天可明鉴，我以我的死换来你们生的希望，我感到非常知足。"雅和颂看到了，也眼含泪水，被风的真挚情感所感动。

轮到看雅的纸条了，雅的纸条上同样写着二个人的名字，雅在风的名字上划了个大大的叉，也就是说，雅选择了把她自己和颂留下，而抛弃了风。雅看着风，很内疚地说："风，我对不起你，把你抛弃了。我没办法把自己抛弃，我舍不得离开我爸爸妈妈，所以，我只能舍弃你们当中的一个。"风听了，表面上笑嘻嘻的，心里却如打翻了五味瓶，混杂的滋味涌上了心头。

看完了雅的纸条，轮到看颂的纸条了。颂红着脸打开纸条，同样愧疚地对雅说："雅，我对不起你，我把你划掉了。你知道，我刚刚谈恋爱，我对未来充满憧憬，所以，我只有继续在这世界上苟活着。你知道，在选择划掉你们两个其中的一个时，我的内心在挣扎，经过再三考虑，我把风留下了，雅，原谅我吧。"颂说完，情不自禁地流下了眼泪。

三个人面对生离死别，流露出了诸多不舍。最后，风打破了这份尴尬，风笑了笑，说："我们这是怎么了，我们现在不是活得好好的吗，这只是个游戏，根本不会有世界末日的。好了好了，都别难过了，上班去吧。"三人于是各自坐回自己的座位。

这件事之后，风经常在上班的时候走神。她心里想着，雅呀雅，

用我的温柔为你疗伤

亏我们姐妹一场，关键时刻，你还是抛弃了我，真是患难见真情啊。在关键时刻，我牺牲了自己，换回了你们逃生的机会，没想到你却第一个把我抛弃。

这边，雅的内心深处也泛起了波澜。她心里想着：颂啊颂，你真是让我太失望了，当你生病住院的时候，那时候风出差了，是谁在医院伺候你三天三夜的，还不是我！没想到，在关键时刻，你还是留下了风，狠心地让我葬身大海。颂，你让我最终看到了你的真面目。

第二天早上，按照以往的惯例，三个人要结伴一起去上班。这天，情况出现了不同，风背起背包，打开了房门，转过头来对雅和颂说："我有事要办，先出去了。"雅看了，心里很不是滋味，她在心里怪自己，为啥要把风划去呢？这不是玩游戏吗？玩游戏又不是真的，不是真的为啥不把自己划去呢？把自己划去又不是真的自己就死了，真是后悔死了。雅边想着，边看着颂，心里想着，世上哪有什么真挚的友谊？我舍弃了风，还不是同样被颂舍去。想到这里，她不自然地对颂说："那个，我也先走了。我答应帮一位朋友充话费，我先出去了。"说完，雅打开房门，头也不回地走了出去。颂看了，鼻子一酸，眼泪不自觉地流了下来。

过了没多久，先是风搬出了这个屋子，然后是颂，说要与男朋友住在一起，同样从这个屋子搬了出去。三个人从此少了联系，即便在同个办公室，也是各忙各的事，像个陌生的过路人，只是没人会知道，每当夜深人静的时候，三人会同时捧着一本《诗经》，看着上面的风、雅、颂而发呆。

动 力

成功的背后,往往需要一股精神力量的推动,我们也可称之为"动力",哪怕有些时候, 这个"动力"的缘由让人感到如此酸楚。

"杜小五考上清华大学了"。才一刻钟时间, 这个振奋人心的消息就在靠山村淳朴的上空飘荡着。

最初引起村民注意的是在公路上行驶的几辆小汽车, 当时正有几个村民站在路口说话, 一位村民眼尖, 看到排着队行驶的小车, 忽然惊讶道: "看, 那不是我们镇长的车吗? "镇长的车牌号大家都知道, 而镇长下乡, 说明这个平凡的小村发生了不平凡的事情。于是大家的眼光尾随着汽车行驶, 就看到几辆汽车拐了个弯, 在杜小五家的门前停了下来。

大家都觉得非常惊讶。几十年来, 村民们从来都没听说过杜小五家有什么当官的亲戚, 杜小五的父母是平凡本分的农民, 整天日出而作日落而息。杜小五有一个哥哥一个妹妹, 哥哥正在读大学, 妹妹还在读初中。庄稼人没什么收入, 杜小五的父母靠地里种的几棵香蕉过日子, 在农活不忙的时候, 夫妻双双到家对面的香蕉市场当搬运工, 一天 50 块钱, 赚得昏天黑地, 赚得夫妻俩面黄肌瘦。大家都说杜小五的父母任劳任怨, 昏天黑地地干就为了培养三个孩子。杜小五今年参加高考, 这不, 成绩已经出来了, 被清华大学录取。为此,

用我的温柔为你疗伤

村民们都感到大吃一惊。

几个村民看到杜小五家围满了人，也都一个个凑了过去。才几分钟，杜小五家就被围了个严严实实，站后面的干脆踮起脚尖，就听到从里面传出镇长洪亮的声音："我代表镇党委对你们表示慰问，祝贺你们培养了这么优秀的孩子，为国家争光，为我们镇争光。"镇长的话音未落，不知谁带头，噼噼啪啪地鼓起了掌。

这时，不知谁喊了声："电视台的记者来了。"众人回头一看，果然，一拨人马扛着摄像机走了进来，几位记者径直走到杜小五面前，手拿麦克风的记者问杜小五说："我们电视台要对您进行采访，您可以回答几个问题吗？"杜小五没经历过这种场面，正不知所措地站着，听到记者提问，脸腾地红了起来，胡乱地点了点头。只听记者说："您在这次高考中取得如此优异的成绩，请问，您学习的动力是什么？我想，这是每一位家长都非常关心的，而您成功的经验将会给大家带来启发。"

记者把话说完，用热切的眼神看着杜小五。

此时的杜小五反而冷静了下来，他说，我先讲个故事吧！

以下是杜小五讲的故事。

三年前，那时的杜小五刚升入高中，成绩平平，一点都看不出能考上清华大学。这天，杜小五母亲跟杜小五说："小五啊，娘要去县城看望一位亲戚，你陪娘去吧。"杜小五说："看谁呀，您自个去不就行了。""不行！那人现在当了大官，娘没见过世面，心里怕着呢，你是读书人，去给娘壮胆。"杜小五听母亲这样说，就知道母亲说的是谁了。他是他们镇教育局局长，是母亲的一位远房亲戚。听母亲说，局长在年轻的时候，曾到杜小五家附近的中学读书，那时，杜小五家穷，可是母亲仍会时不时地拿些地瓜呀，大米什么的送给局长，有时，学校举行大扫除，老师布置学生带劳动工具，局长家离学校远，就到杜小五家借工具，母亲每次都很热情地接待。几年后，局长考上中专，那时中专很吃香，工作几年后，局长被调到县教育局当局长，这也是后来母亲偶然听一位亲戚说的。

杜小五听母亲这样说，就答应了。他和母亲雇了一辆摩的，直奔县城，县城离家十几公里，30分钟左右就到了。摩的司机直接把他们母子俩带到教育局办公大楼，杜小五跟在母亲后面走上楼梯。

一番周折，他们找到了局长办公室。杜小五母亲正要往办公室里探头，走出来一位年轻人，对杜小五母亲大吼："去去去。"杜小五的母亲被年轻人一吼，变得紧张起来，结结巴巴地说："我，我找局长。""局长忙着呢，找局长干什么，走吧。"年轻人继续吼道。杜小五看不下去了，壮着胆子大声说："局长是我亲戚。"年轻人听了，用一双狐疑的眼睛看了看他们母子俩，边看着，边走回办公室。过了一会，年轻人走了出来，面带笑容地问杜小五母亲，说："局长问您是哪里的亲戚。"杜小五母亲一听，来精神了，大声说："您跟局长说我是靠山村的秀英他就知道了。"年轻人又走了进去，过了一会，又走了出来，热情地说："局长叫你们进去呢，快请进。"杜小五跟在母亲后面走进办公室，他细心地发现，母亲因为紧张，手居然抖个不停。走进办公室，杜小五见到了教育局长，教育局长一副和蔼的面容，跟母亲闲谈了许多。过了一会，杜小五听母亲跟局长说："我来找你也没什么事，这么多年没看到你，就想过来看看，我先走了。"局长一听，却执意不让他们走，此时正是午饭时间，局长带他们母子俩走进单位食堂，安排了满满一桌的饭菜请他们吃。饭桌上，局长很热情地帮杜小五母亲夹菜，杜小五看到母亲显得很拘谨，局促地坐着。过了一会，杜小五母亲跟局长告别回家，他们在路上拦了一辆摩的往家赶。到家的时候，杜小五看到母亲直奔茅房，等母亲从茅房出来，杜小五才知道，原来在饭桌上，杜小五母亲吃了一只虾，感觉虾的味道不对，显然已经变质了，母亲不敢当着局长的面吐出来，硬憋着给吞了进去，结果，闹肚子了。

杜小五说到这里，看了看大家，说，这件事对我震动很大，那时，我第一次看到了母亲的不容易，于是，我想着我也要努力学习，能当上局长，让母亲过上好日子。

杜小五的话说完，大家你看着我，我看着你，一时竟不知道要说什么……

回　家

都说世间没有真挚的感情，《回家》带给我们的却是一路的感动。生活，终究是充满阳光，那么，就让我们对生活多一份美好的向往吧！

暖融融的阳光透过洁白的窗户，铺洒在我的身上。今天，天气很晴朗，我却感到来自心里的寒意。

大型车间里，我们站成像一排排忧郁的树木似的。再过几天就过年了，原以为，在这年底可以好好上一场班，领到我该领的那份工资，开开心心地回家过个年。谁料，经理却面无表情地告诉我们，工厂倒闭了。至于我们欠下的那份工资，要等工厂进行倒闭评估完以后再说，"还有几天就过年了，趁车还不挤，你们就先回去吧。你们放心，有消息我会通知你们的。"

可我们放心得下吗？我精神恍惚地来到宿舍，默默收拾行李。在这大都市里，每天一走出去，钱就要从口袋里往外掏。我知道，这种只有开支没有收入的日子，我是坚持不了几天的，还不如回家去，家里至少有那爹娘种下的粮食与青菜，不至于饿肚子。

收拾完行李，正准备去跟房东退房子，电话响了，是女朋友打来的。我这相处了两年的女朋友，我们在一起的时候，经常为了钱的事情吵架，女朋友一直抱怨我不能给她精美的礼物，不能时不时带她下馆子，不能……太多的不能让我自卑。想着这样的状况自己的感情结果也是遥不可待，我心灰意冷，已有好长一段时间没和女朋友联系了，而女朋友也没跟我联系过，我心倒淡然了。

在一片浮想联翩中，女友的电话接通了，见我不开口，女友嗔怪道："你这木头人，是不是工厂倒闭把你也变成哑巴了？这么长时间没联系，不想我吗？"我说："我已没资格碰撞爱情了，希望你以后找个比我好的男人，过幸福的一生。"我说。说实话，既然不能给她幸福，爱她，不如祝福她。"切，你把我看成什么人了，跟你说正经的，就快过年了，我提前请假陪你回去吧。我们谈恋爱这么长时间了，也不请我去你家过个年。"女朋友说。都说男儿有

用我的温柔为你疗伤

泪不轻弹，可这时，泪水分明模糊了我的双眼。此时，我的眼前浮现出女友平时关心我的点点滴滴，女友嘴上虽然有时会对我唠叨一些，可是，这分明是对我的关爱与鞭策啊。停顿了许久，我才动情地对女友说："谢谢你这时候给我温暖，我爱你！"

第二天，女友请完假，陪我乘上了回家的长途列车。女友平时的工资比我高，而且又省吃俭用，所以积攒了一些钱。女友非常善解人意，途中，该付钱的地方，她都抢着付，有时见我跟她争着付钱，她就会不高兴地说："如果你再这样，就是把我当外人看待了。"她都这样说了，我还能怎么样呢？

在女友的陪伴下，我们的旅途充满了温馨，失业给我带来的烦恼也被冲击得无影无踪。第三天中午，我们终于回到了生我养我的这座小镇，小镇依然透着一股古朴的气息。小镇的居民看到我，满脸笑容地跟我打招呼。远远地，我看到我的同学张宜宾向我走了过来，听说这几年张宜宾在家乡承包了工程，赚了不少钱。看他西装革履，油光满面的样子，自卑感再次从我心里"腾"地冒了起来。我正不知所措的时候，张宜宾已经伸出手，跟我来了个热烈拥抱。拥抱完了，张宜宾跟我开玩笑说："真有你的，找了这么漂亮的女朋友啊！对了，你回来得正好，明年我要扩大工程项目，少一个管理人员，你不嫌弃的话，我先预定了。如果你女朋友愿意留下来，我也会给她安排一个职位。先这样了，新年快乐！"张宜宾说完，挥了挥手，就走了。

我呆呆地站在那里，听到女朋友跟我说："你这同学真够哥们。"我点了点头，再次感受到了温暖。到了家门口，看到父亲母亲已经站在门口等我们了，父亲一边接过旅行包，一边说："回来了。好，好，多亏你们回来了，要不大过年的，家里事情多。我刚跟你娘说了，缺少帮手呢，你们回来得真是时候。"我对父亲笑了笑，揶揄道："是啊，今年厂里提前放假，就早点回来了。"边说着，心里又隐隐不安，我这样瞒着父母，合适吗？边想着，边走进房间。身后，却听到母亲和父亲在小声嘀咕道："你忘了张宜宾和我们说的话了，孩子上班的工厂倒闭了，我们就当什么也不知道。再怎么样，也要让他们开心过个年不是？"听着父母的话，我再也忍不住，让自己的泪水顺颊而下，我回头去看女友，她的眼角也是一片潮湿。

自 尊

每个人的内心，总是小心翼翼呵护着自己的"自尊"，为了这份自尊，或许可以使自己改变很多，那么，就让我们多一份自尊吧。

李文已经好多年没出去上班了，其实他在家并不是闲着没事干，至少也会炒炒股什么的。当然，在这年头，在股票上能赚到钱的，毕竟是少之又少。李文瞒着老婆小心翼翼投了五万进去，结果股票直线下跌，一路绿灯，绿灯持续了几天之后，只剩下了两万多。李文眼见账户上的数字越来越少，眼睛比电脑屏幕股票的数字还绿，得赶紧从股市撤资。

从股市撤资之后，李文无所事事了几天，几天之后，看到股市

用我的温柔为你疗伤

有所好转，李文手痒痒，把剩下的两万多重新投了进去。这次运气比上次稍微好点，股市处于跌一点涨一点的姿势，李文每天拔河似的，股市把他的钱拔去一点，第二天李文从股市那边又拔回一点，如此反反复复，李文隔三岔五都处于救本的状态。李文老婆雅丽在一所幼儿园当幼师，还好一个月领个几千块钱维持家里日常开支，看到李文一直不出去上班，刚开始还忍着不发脾气，可是时间久了，看到自己早出晚归追着公交车跑，赶时间上下班，而昔日的同学却在家当全职太太，心里未免不平衡，就唠叨了几句。李文自知理亏，在老婆唠叨的初始，也正正经经地出去找工作，最终不是他嫌弃应聘单位，就是人家不要他，总没有两全其美的事。

要说李文不急着出去找工作，其实也不大公平，可是他的学历不高，昔日风光一场的中专生如今已经被硕士生、本科生、专科生冲击得再无立足之地，再加上年近不惑之年，很少公司要招他这样的人。何况对于李文这样的男人来说，看着昔日的同学个个混得油光满面，强烈的自尊心促使他们不会为了生活就随随便便去就业，就这样，日子一天天过去，李文除了炒点股票之外，再无其他事可做。庆幸的是，有很长一段时间，股市行情还算风平浪静，并且有涨幅的趋势，李文就在来来回回和股市的拔河比赛中，积攒了一些实战经验，每个月算下来，也还能赚个一两千块，钱虽然不多，总比亏钱好。看到好歹有一两千块钱进账，雅丽也就无话可说。

这样的日子持续了一段时间，事情发生了变化。雅丽几次下班回来，发现李文都没在家，打电话总是说在外面忙，到底忙什么也没说。周末，雅丽几次想约李文出去外面玩，总被李文拒绝了。雅丽心里很纳闷，这就奇怪了，平时是叫他出去，他都懒得挪窝的人，这段时间是怎么了？天天往外面跑，该不是……雅丽越想疑心越重，几次开口问李文，李文总神秘兮兮地说，过几天你就知道了。

雅丽对李文产生了怀疑，原本中午她是不回家的，为了对李文的行踪有个了解，她特意几个中午抽空回家，看看李文有没在家。几次回到家打开门，家里都是空荡荡的，给李文打电话，总能听到外面嘈杂的声音，李文总说在忙，并跟雅丽说，他这样奔波都是为了让雅丽过上好日子。看到李文口风遮得紧紧地，雅丽索性就睁只眼闭只眼，任李文去折腾，看他到底唱的是哪出戏。

这天晚上七点多，雅丽回到家天都黑了，她打开房门，看到家里已经准备好了一桌的饭菜，李文正笑眯眯地坐在餐桌旁，热情地对雅丽说："雅丽，你猜猜今天我们家有什么喜事？"雅丽想了想，既不是李文的生日更不是她的生日，也不是他们的结婚纪念日。她想了半天，一时摸不着头脑。李文边热情地为雅丽盛饭边说："亲爱的，从明天开始，我重新就业了。"

雅丽听了，架在鼻梁上的眼镜差点掉了下来。这么多年来，他已经习惯了李文失业在家的日子，她甚至想象着，这样的日子将无休无止地延续下去。李文的反常举动使雅丽大惑不解，她奇怪地问李文："为什么？"李文笑了笑，说："你记不记得，咱爹马上要过八十大寿了？"雅丽点了点头，说："是啊，可你重新就业和咱爹过八十大寿有什么关系？"李文"嘿嘿"地笑了笑，说："怎么没关系，你想想，这么多年，我们一直在外生活，一年难得回老家一趟，咱爹过八十大寿，到时肯定会来很多亲朋好友，大家都会问我在哪里工作。到时要是被他们知道我没工作，咱爹面子往哪里搁？不仅咱爹的面子，咱也丢面子不是，我想了想，还是要赶紧出去找份工作，好在功夫不负有心人，这段时间总算没白花费心思，明天我就开始上班了。"

漏气的自行车

单纯的年龄，哪个没有幼稚的举动？终究，那幼稚的举动，却也是善良的，容易被触动，被改变……

我们的学校坐落在小山脚下，那里群山环绕，泉水叮咚，空气新鲜。遗憾的是，这样的学校却看不到年轻教师。知道这是为什么吗？因为我们学校地处山区，从镇里到我们学校，有十几公里的路程，山路十八弯，坑坑洼洼的路途，骑自行车要一两个小时。

以前也有年轻教师到我们学校来，可是那些教师待了不到一个学期，就不见踪影了，倒是那些老教师执着地守着学校的讲台，也难怪，他们的家本来就在附近嘛，不待在我们学校难道还跑外面学校去。

在我上三年级的时候，我们学校来了位年轻的女教师。她走进我们学校操场的时候，我正趴在窗户往窗外看，这位年轻的女教师推着一辆老式凤凰牌自行车，穿着一条花点的裙子走了过来。她圆圆的脸蛋，长长的头发，走起路来那扎着的头发一摇一摆的，美丽极了。之前老校长就对我们说，我们班要来一位新老师，看来就是她了。

为了和同学们分享我的重大发现，我回过头对着班级吹了声口哨。此时虽然是上课时间，可是我们班因为没有老师，同学们乱成了一锅粥。我的口哨使他们安静了下来，我得意地对他们宣布："同学们，我们的老师来了。"同学们一听，小小的脑袋挤在窗户往外看，也有胆子比较大的，站在门口向外张望。这时，新老师也看到了我们，她把自行车架在操场上，那是一辆黑色的自行车，24寸的，自行车上面横着一根杆子。我父亲就是骑这种自行车去做工，没事的时候，我会推出父亲的自行车去学，因为自行车前面的那根杆子，使我无法顺利地蹬上自行车，经常是摔得四脚朝天。新老师也不往办公室走，就朝我们这边走了过来。我们撒开脚丫子跑回座位，把两只手摆在桌子上面，挺胸收腹，屏住呼吸，迎接新老师的到来。

"你们是三年级吧。"新老师走进我们班级，微笑地问我们。我们大声回答说："是。"新老师说："我是新来的老师，姓吴，你们以后就叫我吴老师吧。在我来你们学校之前，校长就给我打了电话，说安排我教三年级，就是你们班吧？"我们又异口同声地回答："是"。为什么我们这么确定呢？因为我们学校一个年段只有一个班级，吴老师是安排教三年级，那肯定就是教我们了。

这节课，吴老师先布置我们预习课文。从此之后，吴老师把我们班级功课全包了，她教我们数学、语文、音乐、体育、品德。没办法，谁叫我们学校缺老师呢！

吴老师到我们班级之后，我安静了一段时间，等这份新鲜感过

用我的温柔为你疗伤

了之后，我就又开始闹翻天了。在我很小的时候，母亲就离家出走，父亲整天到工地帮别人打工，家里留下我和妹妹。我和妹妹相伴上学，一起回家，回家之后，我和妹妹进行分工，我负责在家做饭，妹妹负责到附近菜地摘菜，我们自己炒菜，自己装饭吃。等父亲从工地回来时，我们已经吃饱饭跑到外面玩了，经常是玩到九点多才回家，作业也没写。说到写作业，我之前已经习惯了不交作业，吴老师来了之后，我继续保留这样的习惯。

第二天，吴老师开始检查作业了，当她看到我没按时完成作业时，要我放学后留下来。我只得眼睁睁地看着同学们离开教室，在吴老师威严的眼光下，我拿出纸和笔快速地写作业，为了早点完成作业，我写的字迹非常潦草，结果被吴老师又罚了一遍。没办法，我只得又重新写了一遍，到天擦黑的时候，吴老师才答应让我回家。在走出教室时，我看到了吴老师停在操场上的自行车，我跑了过去，狠狠地把吴老师自行车气门芯拔了出来，自行车发出了一阵"嘶嘶"的声音，轮胎瞬间扁了下去。我一看，一溜烟地跑回家。

我们家离学校有三公里的路途，家门口有一条公路，到我们学校必须经过这条公路。晚上当我在公路边玩耍时，远远地，我看到吴老师推着自行车走了过来。我忽然想起，吴老师自行车的气被我放跑了，而学校附近没一户人家，吴老师胆子小，不敢住在学校的宿舍里，她每天都要从她家赶往学校给我们上课，放学了才从学校回家。每天早上我们看到吴老师，都可以看到她满脸的汗水，即便冬天也是这样。此时，已经是晚上九点多了，吴老师才推着自行车从学校走到这里。看到吴老师疲惫的身影，一股内疚感忽然涌上我的心头，我赶紧跑回家，拿来了父亲买回来的打气筒走到吴老师身边，我不好意思地蹲下身，帮吴老师的自行车打气。吴老师看了，欣慰地对我说："小峰，你真是帮了老师大忙啊！"我听了，头垂得更低了，不敢看吴老师一眼。

第二天，我把家里的打气筒带到学校，我担心有朝一日，吴老师自行车没气回不了家。

第二辑　她和他

生活中，希望少一些《半夜惨叫声》，少一些《对质》，少一些《把柄》的存在……只期盼，多一些《榜样》的力量，抑或者，在《她和他》之间，多演绎一些感人的故事，甚至，能够在我们迷茫的时候，给我们一个《拐点》的力量。

叫一声老公

对于女人来说，叫他一声"老公"是那么难以启齿，扭扭捏捏的背后，是内心的犹豫与惶恐。殊不知，一声"老公"却轻易从女中学生口中吐出，是那么的自然随意，是女人过于保守，还是这社会变化太快。

志松跟女朋友婷婷谈了几年恋爱，两人感觉性格，志趣都差不多，相处也很融洽，于是，约定这个周一去民政局领结婚证。

两人花了一上午时间，终于拿来了结婚证。走出民政局大门，志松一步窜到婷婷面前，说："婷婷，该是你兑现诺言的时候了。"

"我许过诺言吗？"婷婷看到志松一脸严肃的样子说道。

"是啊，我们还拉过勾呢，你忘了？"

婷婷的头脑飞快地转动着，可就是想不出答应过志松什么事。

"你啊，真健忘。"志松看了婷婷一眼，嗔怪道："你原来就许诺过，等我们领结婚证的那一天，叫我一声'老公'的。"

婷婷一听，"扑哧"一声笑了出来。她才想起来，跟志松谈恋爱以来，志松动不动就要求叫他"老公"，可婷婷个性腼腆，思想古朴，没结婚前称自己的男朋友为"老公"，无论如何她是没办法接受的。

刚开始，志松几次要求婷婷称他为"老公"，可婷婷只是"咯咯"地笑着，怎么也不肯答应。志松没办法，只好妥协了，可他仍不甘心，到了最后，好不容易要求婷婷，拿到结婚证的那天一定要叫他"老公"。

"这……。"婷婷这才想起来，自己的确答应过这件事。她张了张嘴，想叫，但喉咙口似乎被什么堵了似的，"老公"两个字就是无法说出口。她忸怩了一会，涨红着脸对志松说："你总要给人家一点时间嘛，这么突然，我，我叫不出口。"

"不行，你现在就得叫，不然，说明你心里没我。"志松说。

"好了，我答应你，回去再叫。"婷婷说完，脸上飞起一片红晕。

"不行，我就是要你现在叫，你不能耍赖。"志松一双期待的眼神紧紧盯着婷婷看。

婷婷慌乱地往前面走着，这时，他们前面并排走过来两个学生，一男一女，背着书包。只听女生对男生撒娇道："老公，你再陪我走走嘛。""不行啊，作业还没做呢，我要赶紧回去做作业。老婆，明天见。"男生说完，跟女生挥了挥手，上了公交车。

"老公，你到家以后，记得给我发短信哦。"女生目送着男生上车，大声喊道。

边上的志松和婷婷看到了，不禁睁大了眼睛……

把　柄

本是被别人抓住了把柄，却在一次偶然中抓住了别人的把柄，膨胀的内心，忘记了自己被抓住把柄时的惶恐与无助。

王延阳的脑中突然产生一个想法：离家出走。

迫使王延阳产生这种想法跟他被同事抓到把柄有关，跟他被老婆抓到把柄有关。

那天，下班前，王延阳跟几个同事在办公室泡茶聊天，大家一边喝茶，一边对茶叶赞不绝口。这茶是吴总上次到武夷山买回来的纯天然绿色食品。

大家三言两语地议论开了，要说王延阳他们公司也没这么好的待遇，平时也喝不上这么好的茶。刚好这次公司来了大客户，吴总就泡茶接待了，可别说，那客户喝了以后，果然赞不绝口，一下跟他们公司做成了一笔业务。吴总高兴之下，大手一挥，这茶大家都品尝品尝吧。

大家喝了一阵，看看到下班时间了，陆陆续续走人。最后，办公室只剩下王延阳一个人。王延阳拿着公文包刚想挪起屁股。这时，他往桌上扫了一眼，就是这一眼，让王延阳到现在都没办法原谅自己。王延阳往桌上看一眼的本意是想看看自己的手机有没撂下，他经常会有把手机落下的习惯。结果这一看，他没看到手机，倒是看到了放桌上泡剩下的几包茶叶。王延阳脑袋瓜一转，忽然想到早上出门时老同学打电话过来，说晚上要到他家泡茶看球赛。王延阳家用的茶叶经常是几十块钱一斤的，而他的这位同学混得不错，太差的茶叶人家怎么喝得上口呢。王延阳想了想，两只眼睛咕噜噜往办公室扫了一遍，确定办公室没第二个人。于是，王延阳就顺势打开公文包，想把那几包茶叶带回家好招待老同学。反正办公室来往的人多，别人也不知道茶叶用完没有，或者被谁拿走了。

　　就在王延阳往包里塞茶叶时，他感到面前的光线被什么堵住了。他抬起头，这一抬不要紧，手中的茶叶"啪"掉在了地上。王延阳一看，面前站着的是办公室有名的喇叭马大姐，延阳顿时如一只泄了气的皮球，结结巴巴地对马大姐说："你，你怎么来了。"马大姐不好意思地笑了笑，说："我来拿份资料，我以为办公室没人了，我……"话没说完，马大姐随手拿了资料，急匆匆地走了。

　　第二天，王延阳到办公室，看到同事们正聚在一堆交头接耳，王延阳知道，自己的事迹肯定被马大姐广而告之了。果然，过了一会，就听小张说，昨天我们喝的茶叶味道真不错，下班前谁还要喝茶的赶快报名，要不说不定这茶叶会落到谁的口袋里。大家听了，嘿嘿笑着，王延阳脸霎时红了起来，他真恨不得找个地洞钻下去。

　　受到这次冷嘲热讽以后，王延阳每天都夹着尾巴做人。碰巧老

用我的温柔为你疗伤 〜

同学又打电话过来，叫他过去垒长城。要在平时，王延阳早早地就拒绝了，可今天不一样，王延阳有点壮士一去兮不复返的悲怆。于是，他跟老婆撒了个谎，跑出去搓麻将了。结果第一个晚上，王延阳就输了三百块钱，王延阳不罢休，第二个晚上又去了，又输了五百块钱。才几天工夫，王延阳就输了几千块。俗话说，天底下没不透风的墙，正在王延阳跟同学干得热火朝天的时候，老婆从天而降了。王延阳早就跟老婆承诺绝不参与"赌"字的，这次当场被老婆抓到把柄，王延阳也没话可说，乖乖地跟老婆回家。王延阳老婆不但使出了一哭二闹三上吊的绝招，还打电话给在乡下的公公婆婆，告诉了此事。于是，王延阳的老爹当场打电话痛骂王延阳一顿，让王延阳的心一下坠入万丈深渊。

"把柄，把柄"王延阳一想到自己连连被人抓了两次把柄，他就恨得牙齿"咯咯"响。为了排遣内心的孤独，他决定谁也不告诉，离家出走几天。

王延阳在火车上晃当了两天两夜，来到了美丽的杭州西湖。傍晚的杭州西湖犹如一位纯情的少女，婀娜多姿，湖面上波光粼粼、水波荡漾。王延阳顿时被这迷人的景色吸引住了，原先的烦恼抛的无影无踪。他顺着湖边在岸上走，岸上的垂柳依依，拂动着柔软的腰肢。王延阳只顾往前走，忽然听到前面传来一阵声音。他定了定神，睁大眼睛一看，一位男的正抱着一位妙龄女郎亲嘴。王延阳不好意思地低下头，刚想转身离开，忽又觉得那男的背影非常熟悉，他揉了揉眼睛，仔细一看，这不是他们单位的吴总吗？而吴总怀里搂着的却不是他的老婆。王延阳几乎下意识就掏出了手机，然后躲在树旁按下快门，留住了这精彩的一幕。在按快门的过程中，王延阳仍不忘自言自语地念叨着，把柄，把柄……

半夜惨叫声

社会的变化多端，新生事物层出不穷，这半夜的惨叫声，惊悸了她的内心。惶恐的夜晚过去，真相大白，这原因的背后，却值得人深思。

轩轩的男友把行李放地板上后，转身看了看周围的环境，一房一厅的格局，房子透露出一股典雅的情调。男友双手抱住轩轩的肩膀，说："宝贝，一个人住这里没事吧？"

"放心，我可以的。"轩轩露出两个小酒窝，说："你赶紧忙去吧，我自己慢慢收拾。"

轩轩初次到这座城市，纯粹是为了男友。而男友，因为住在公司安排的宿舍，宿舍里同住着两个男生，轩轩不方便住过去。于是，男友给她在他们宿舍附近租了套一房一厅的房子。

第一个晚上，轩轩还真有点害怕，到底这是一个陌生的城市。她本想叫男友陪自己住一晚的，男友却被公司派到外地出差。轩轩收拾完毕，靠在床上看书。时钟指向十二点的时候，轩轩有点倦意了，她打了个哈欠，顺势躺了下去。

"嗷,嗷"迷糊中，轩轩忽然听到一阵声音，是鸡被杀了的惨叫声。

用我的温柔为你疗伤

这叫声凄厉又悠远，在静寂的夜空显得特别刺耳，轩轩浑身起鸡皮疙瘩。她一骨碌坐了起来，循着声音走出卧室。

惨叫声似乎是从对门传过来的。轩轩壮了壮胆子，敲了敲邻居家的门，没人出来开门，但惨叫声却没有了。

轩轩返身回到房间，关好房门正要睡觉。这时，对门的惨叫声又出现了。看着外面黑黢黢的夜，轩轩心扑通扑通直跳。

轩轩越想越害怕，禁不住拨通男友的电话。男友迷迷糊糊地应着："宝贝，怎么了，是不是想我了？"轩轩一听到男友的声音，委屈地哭了起来，断断续续地向男友说了事情的经过。电话里，男友耐心安慰轩轩，要她不要害怕，把门窗关紧了，等他明天回来。轩轩在男友的安慰下，渐渐进入梦乡。

第二天，轩轩男友赶回来了，夜幕降临，他特意待在屋里陪轩轩，有男友的陪伴下，轩轩再也不害怕了。时间慢慢地流淌着，转眼快到一点了，可是，惨叫声却不再出现。轩轩正想招呼男友睡觉，正在这时，"嗷嗷，嗷嗷"鸡的惨叫声又响了起来。轩轩兴奋地带着男友来到外面，敲了对方的门。

过了一会，门开了，是一位二十岁左右的女孩。轩轩说了听到惨叫声的事，女孩听了，邀请轩轩进屋里说话。

轩轩和男友在女孩的带领下，来到女孩的房间。女孩顺于从桌上拿起一只黄色玩具大公鸡，轩轩一看，只见这只鸡遍身无毛，鸡皮疙瘩一个个夸张地隆起在皮肤上，两只爪子朝后蹬，嘴巴张得老大。女孩一捏，大公鸡发出"嗷嗷"的惨叫声。

女孩告诉轩轩，她刚大学毕业，在一家公司上班，可是，公司的经理对她很苛刻，给了她很大的压力。为了排解心中的苦闷，女孩听从朋友的介绍，买来惨叫鸡，只要捏一捏，听到鸡的惨叫声，她就会觉得自己的压力减轻了。没想到给轩轩带来困扰，女孩对轩轩表示抱歉。

从女孩家里出来，轩轩赶紧上网百度。原来，网上对玩这种玩具鸡的一族叫"惨叫族"，她们或者用自己讨厌的老板或同事的名字来命名，为了发泄心中的不满，她们会捏着惨叫鸡，而且越捏越有劲，从而放松神经，时下很流行。

从女孩的房间出来，轩轩决定帮助这位女孩。

第二天开始，轩轩就有意识地找女孩谈心。她谈了自己的理想，谈了自己的喜怒哀乐，同样的，她也要女孩吐出心中的不快。节假日，她还约女孩一起爬山，一起游泳。渐渐的，忧郁的女孩有了开朗的性格。

和女孩相处久了，轩轩对女孩说："说实话，我不赞成你这种减压方式。其实发泄的情绪有很多种，比如我们出去爬山、游泳等等，或者，也可以找一个人倾诉，这些都是宣泄情绪的一种方式。而这种惨叫鸡固然可以解压，但如果一个人长期处于压抑状态，用这种方法解压有可能导致玩具依赖。怎么样，跟我相处以来，心里放松很多了吧？"

女孩羞涩地笑了笑，说："谢谢轩姐，这段时间和你在一起，的确让我心胸开阔很多。感谢你，让我不再是一位'惨叫族'。"

"客气了，其实在大学我主修心理学，所以懂得一点心理治疗。对了，你身边如果还有这样的'惨叫族'，可以把她们带过来，我愿意和她们进行交流。"轩轩说完，再一次露出两个小酒窝，小酒窝浅浅的，很迷人。

对　质

世俗的眼光，总是以貌取人，却不知，生活经常会有意外的出现。那一场对质，不仅毁了自身的形象，更是敲响了警钟。

张宝莲在镇上开了家服装店，这天，适逢集日，店里客人来往不断。眼见过年了，买衣服的人多了起来。

张宝莲刚送走几名顾客，这边有三个女人走了进来。张宝莲看了她们一眼，认得其中一位是坂仔村的李桂花，张宝莲服装店开张以来，李桂花时不时地到店里看看，但很多次都是问了价格后就走了。张宝莲听李桂花同村的人说，李桂花家里穷，穿的都是她姐妹给的旧衣服，很少买一件新衣服穿。

可是这天，李桂花身上穿的明明是一件进价就要一百八十元的新衣服。张宝莲对这件衣服太熟悉了，一般时候，张宝莲总是到省城的批发市场进货，只有这次，考虑到马上过年了，张宝莲不惜本钱，专程坐飞机到广州进货，而李桂花身上穿的正是她从广州进回来的新款。

看到李桂花身上的衣服，张宝莲心里布满疑云，要知道，据她所知，这方圆百里的服装店，都是到附近的批发市场进货的，从没一个人像她一样跑广州进货。也就是说，除非从她这里出去的，外面不可能有一件衣服跟她卖的衣服一样。可是，李桂花身上穿的明明是她刚从广州进回来的新款服装。张宝莲忽然想到，李桂花总喜欢往她店里钻，莫非趁集日的时候偷了她的衣服？

想到这里，张宝莲黑着脸朝李桂花走去，她双手叉腰，轻蔑地对李桂花说："桂花，穿这么漂亮的衣服啊，哪里买的？"

"县城买的。"李桂花没想到张宝莲会问她衣服的来历，她再抬头看了看店里，店里的衣架上挂的衣服跟她身上穿的一模一样，李桂花脸不由红了起来，结结巴巴地解释道："前几天到，到县城买的。"李桂花说完，急忙转身就想离开这是非之地。

"慢着，你最好说清楚点，这衣服真是你自己买的吗？"看到李桂花急忙要走的样子，张宝莲更坚定了自己的想法，她得意地说："实话告诉你吧，这款衣服是我从广州批发进来的，除了我这里，没人有跟我一样的衣服。"

李桂花听了，站着不动了，她生气地说："你什么意思？衣服是我掏钱买的，你还管人家穿跟你一样的衣服？"李桂花说完，拉着两位同伴就要走。

"你给我站住。我就说你衣服是偷我的，怎样？有种你亲自带我到你买衣服的店里看看。要是你无法证明，就说明这件衣服是从我这里偷走的，要罚十倍的价钱给我，要是真的能证明你这衣服是从别的地方买来的，我赔你一千元。"张宝莲越说越激动，更坚定了自己的想法，这衣服就是偷她的！适逢周日，街上本来热闹，一听到这里有吵架声，便都围了过来。跟李桂花一起来的两个女人看不下去了，大声说："桂花，走就走，怕她干什么。"

用我的温柔为你疗伤

"走吧，走吧。"围观的人纷纷附和道。

说话间，张宝莲丈夫推出了摩托车，要带张宝莲到县城，这边李桂花也叫来了丈夫，还叫来了几位玩得比较好的，几辆摩托车风驰电掣般赶往县城。

从这边到县城要半个多小时，可大家心里着急，不到二十分钟就到了县城。在李桂花的带领下，一行人来到了坐落在河边的一家服装店。

店老板看到一下子涌进来这么多人，正纳闷着。这时，李桂花一脚跨了上去，拉着店老板的手说："老板，你还记得我吗？麻烦你帮我作证，这件衣服是你这里买的，她总说我是从她店里偷的，说我们这里不可能有卖这样的衣服。"说完，李桂花指了指张宝莲。

店老板听到他们的来意后，对张宝莲说："衣服是我这里买的，怎么了？难道就只允许你卖这样的衣服？"

"可是，据我所知，这种衣服只有广州才有，而我是专程坐飞机到广州进货的，你怎么会有这种衣服？"张宝莲仍是不相信。

"你这么一把年纪的人说这话也不怕别人笑话？"店老板看了看张宝莲，说："现在什么年代了，交通这么发达，难道就只允许你到广州进货，就不允许我到广州进货了？看看吧，我店里还有几件这样的衣服呢。"

店老板说完，又从货架上拿出几件一样的衣服，并从抽屉里拿出进货单。张宝莲见了，涨红了脸，悄悄地从口袋里数出一千元，默默地放在李桂花手里，转身走了出去……

雪 凤

生活中，总是弥漫着大爱的旋律，命运虽然对她有点不公平，但因为这份爱，使得她，能够如雪中的凤凰一样坚强与奋进。

从她懂事起，从养父那里，她便得知了自己的身世。在养父的描述中，她的头脑时常出现这样一个画面：大雪飞舞的一个早上，养父打开房门看到了放在门口的一个襁褓，从襁褓里传来一阵阵婴儿的哭泣声，不知道是不是哭得太久，或者是天气太冷的缘故，这哭声显得有些虚弱。养父颤抖着的双手打开了襁褓，一张粉嘟嘟的小脸，看起来刚出生不久，一双嘴唇已经失去了血色。养父急忙把她抱回家，给她取暖，还急急跑到附近小店买了一包奶粉，冲泡给她喝。补充了营养的她在温暖的屋里渐渐恢复了元气，她朝着养父咧开嘴笑了。

为了纪念她的身世，同时也希望她长大能有出息，养父给她取了个名字，叫"雪凤"，寓意为雪中的凤凰，养父希望她能顽强地活下去。从此之后，养父一把屎一把尿地带她。养父是个二十八岁的男人，至今单身，自从收养了她之后，仍然有很多人给他介绍对象，可是养父目睹了村里后妈虐待前夫孩子的情景之后，养父打消了结婚的念头，只想一心一意把她抚养成人，直至终老。

她慢慢懂事，而从她懂事开始，养父就没瞒着她的身世。从此，

用我的温柔为你疗伤

在她的心里有了对亲生父母的怨恨。在养父家里她乖巧懂事，勤快地帮助养父做家务。上学之后，她暗暗憋了一股劲，非常勤奋地学习，只希望有朝一日能够出人头地。

养父家很穷，可以说是家徒四壁。不仅如此，养父还有上了年纪的父母，有一个智障的弟弟，一家人的担子都压在了养父身上，养父在忙完农活时，到附近建筑工地打工赚钱，以贴补家用。在家里雪凤尽自己能力帮忙做一些家务。

随着生活的好转，邻居纷纷到镇上盖了新房子，而她家仍然住在土房子里。她写字的书桌和睡觉的床铺，都是养父从附近找来竹子自己动手编织的。下雨天，雨水从瓦片的缝隙里往下落，她赶紧搬出脸盆、桶去接，没有桶接的地方，雨水就滴答滴答，一滴滴地往下落，时间久了，地面就被雨水滴了个窟窿。时常，在她放学回家的路上，她都会听到村民在背后谈论养父收养了她，养父家里本来有四口人吃饭，现在变成五口人吃饭，生活压力更大了，真是不容易。她听了，低着头加快了脚步，边走边暗暗发誓，一定要好好读书，报答养父的养育之恩。

上高中之后，她已经长成亭亭玉立的姑娘。有一次她回到家，看到家里来了几个客人，在养父的介绍下她才知道那是她的亲生父母。她的亲生母亲一把拉过她的手，仔细端详着，后悔地说："雪凤，是我们对不起你。那时候就想着生个男孩，而把你送给别人，现在我们家日子比你养父这边好过多了，回去你还可以更好地完成学业，我和你爸爸向你道歉。孩子，和我们一起回去吧？"

雪凤看到她亲生父母那期盼的眼神，再看看为了她而付出太多太多的养父，明显已经苍老了。而且，在多年的过度劳累中，养父已经落下了一身病。她坚信以自己优秀的成绩，可以考一所理想的大学，只要等到大学毕业，将是她孝敬养父的时候。她坚定地对亲生父母说："谢谢你们的好意，可是我是不会回去的，养父辛辛苦苦把我拉扯长大成人，马上就是我应该孝敬他的时候，我不能抛弃他。无论怎样，我都要陪在养父身边。"听到她发自内心的话语，养父的眼眶湿润了，十几年的艰难时光过去，这个孩子终于长大懂事了。

高考那年，她如愿地考上了理想的大学。在她心里，只希望养父能够有好的身体，能够享受到以后美好的生活。正是这样的想法，使得她选择了医学临床专业，在大学期间，她更是以优异的成绩获得了学校的奖学金。在寒暑假的时候，她上门去做家教，她终于会赚钱了。当她把暑假赚的第一笔钱交给养父时，养父由衷地说："雪凤，你终于长大了！"

她眼望窗外，天空上的乌云一片片，翻滚着，奔腾着，在云层的空隙，一轮明月在乌云中左冲右突，终于露出了笑脸。想起自己的身世，她甚至感谢亲生父母抛弃了她。0感谢抛弃，使她在更加艰难的环境中坚强成长；感谢抛弃，让她领略到了人间的大爱。

榜　样

人们常说，父母是孩子最好的老师，的确是这样，为人父母，有必要为孩子树立一个美好的榜样。

用我的温柔为你疗伤

女人目送儿子出门，看着儿子背着书包蹦蹦跳跳走下台阶，女人笑了笑，转身走进卧室，随手抓起坤包就要往外赶。

"你要上哪去？又去打麻将？"男人躺在床上，把女人的一举一动看在眼里。男人坐了起来，靠在床上，对女人龇牙咧嘴。

"就是去打麻将，咋啦？"女人不高兴地说。

男人咆哮道："打打打，我叫你去打。你整天就知道打麻将，连饭也不做，家里一团糟你也不管，打吧，我叫你打。"男人说完，把枕头扔向女人。

"我不要你管，你还是管好你自己吧。那么长时间不出去做事，除了喝酒睡觉，你还能干什么？"女人说完，忍住眼里就要滚下来的泪水，走了出去，门"砰"一声关了。

女人走在路上，往事历历在目。自从女人怀孕后，就当起了家庭主妇，一晃，十年过去了，女人的儿子也从一个嗷嗷待哺的婴儿长成了一个十三岁的大小伙子了。女人在家没事做，经常约上几个朋友，到处打麻将。刚开始，女人赚了一笔钱，于是，女人把打麻将当成自己的职业，没想到，真要当真的时候，女人却是运气不佳，接连输了几场，女人越发不甘心了，从此后，更痴迷于麻将的赌博。

男人是个包工头，自己组织一支队伍，接手工程的装修项目。原先的时候，男人业务繁忙，于是，有能力供养女人和小孩。可最近一段时间，因为市场竞争激烈，男人几次都输在同行手上，丢了几个单，这一连串的打击迫使男人萎靡不振，整日里郁郁寡欢。男人窝在家里，不是睡觉就是喝酒，越来越羞于出去与朋友见面。渐渐的，男人看着女人，越看越不顺眼，而女人看着男人，越来越觉得男人窝囊。战争的导火线，在他们各自的心里燃起火苗。

夜深人静的时候，女人一身疲惫地进入家门。女人打开客厅电灯，走进儿子的房间，对于儿子，女人总是疼爱有加。看到儿子酣睡的样子，一股母爱的柔情在女人的心里荡漾。女人用手轻轻地抚摸着儿子的脸，忽然，女人看到儿子眼角的泪水，女人觉得诧异，轻轻地帮儿子擦拭眼泪。在女人眼里，儿子一直都是很开心地生活着，即便女人和男人闹矛盾，也是背对着儿子争吵。女人不明白儿子为什么掉眼泪。女人一转身，看到儿子放床上的日记本，女人下意识地打开日记本，只见儿子在日记里写着："作文课上，老师要我们写我的爸爸妈妈，可是，别人的爸爸妈妈都有一份工作，别人的爸爸妈妈都是相亲相爱，我的爸爸妈妈却没稳定的工作，还整天吵架，有同学取笑我的爸爸妈妈，说他们是城市里的游民，我难过极了……"女人读完儿子的日记本，心里一阵悸动。女人待在床头思索了许久，终于鼓起勇气，打开了男人睡觉的房间门。女人和男人打了很长一段时间的冷战，也已分居了好长一段时间，女人这是第一次走进男人的房间。

房间里的灯"啪"的亮了起来，女人站在床头，对男人轻轻地呼唤着："老公，你醒醒，我有话跟你说。"随即，听到男人下意识地"嗯"了一声，接着，响起了两人推心置腹的一番谈话声。

第二天，孩子在上学的时候，发现了一个奇怪的现象。他的爸爸妈妈很早就起床了，妈妈叫呼着要去找工作，爸爸说要到外面看看有没有机会。孩子明显地感觉到，家里温暖如春。

一个月后，男人对女人说："我终于承包到一个工程了，明天

用我的温柔为你疗伤

开工。"女人笑了笑，对男人说："我也不赖，这个月卖了两套房子，可以赚几千块了。"两人说完，相互笑了笑。

夜深人静，女人和男人靠在床上，偷偷地看着孩子的日记本，孩子在日记本上写着："爸爸妈妈和好了，爸爸承包到了一个工程项目，妈妈也上班赚钱了，爸爸妈妈终于有了一份工作，他们真的很辛苦。我喜欢和爸爸妈妈成为相亲相爱的一家人。"女人看着看着，眼里有了潮湿，说："看我们以前对孩子伤害多大。"男人听了，也哽咽道："我们太在乎自己了，而没体会到孩子的感受，其实在孩子面前，我们要树立一个好的形象，给孩子一个好榜样。"

她和他

她和他之间，不应该只有爱情的发生，还可以有纯洁的友情。文中的她和他，有着一段感人的情感故事，这份情感，无关爱情。

一场同学会，她和他又联系上了。

联系上的当然不只是她和他，还有她和他的多位同学。她和他联系得更频繁，是因为在厦门这座外来人口密集的地方，他们既是老乡又是同学，更重要的还在于，她离他住的地方不远，坐公交车只有两三站的路程。两三站在一座大城市，是很近的距离了。

十几年再次见面，她已是一家公司的老总，而他，因为文化不高，又没碰上好机会，仍然十几年如一日地在厦门打工。他和他的爱人都在工厂打工，一个月两千元工资，为了积攒一些钱，他和爱人省吃俭用。他们租了一套四十几平方米的小两房，别小看这四十几平方米，一个月租金也要一千多。他租的房子麻雀虽小，却五脏俱全，客厅、主卧、小卧、厨房、卫生间、阳台。他和爱人睡主卧，七岁的小女儿睡小卧，日子虽然简朴，一家人却和和睦睦。

在他的邀请下，她第一次到他住的地方，开了一辆红色的迷你宝马，小豪华，小巧，如她的身材一般。一直以来，她就是这样一副小巧玲珑的样子，那小小的瓜子脸，没有一丝皱纹，乍一看，还以为是二十出头的小姑娘，其实已经快奔四的人了。他看她那张脸，明明就是十几年前的脸，没丝毫改变，每想起这些，他心里就不是滋味，一股自卑感不时袭上心头。

她到他家的时候，没忘了这个家庭里的小主角，七岁的那个小女孩。看来她能摸透女孩的心思，买了许多礼物，包括布娃娃、文具、课外书，还有一些零食等等。小女孩看到这些，眼睛立时瞪大许多，一直以来，这些是她做梦都想得到的礼物。

整个晚上，小女孩依偎在她身边，和她聊得甚欢，直至他开口了，对小女孩说："妞妞，别在这边烦阿姨了，上房间写作业去。"小女孩听了，不舍地跟她说了声："阿姨，我写作业去了。"然后一溜烟进了房间，可是没一会儿，小女孩又出来了，对他说："爸爸，房间没风扇，热。"他听了，哄着女儿说："来，爸帮你把客厅的风扇搬进去。"说完，他站起身，关掉了正在转动的风扇，蹲下身就要拔风扇的插头，这时，他猛然醒悟，要是这台风扇搬进房间后，

用我的温柔为你疗伤

坐在客厅的她就要受热了。本来，女儿的房间是有一台小风扇，前几天坏了，他正想着给女儿再买一台，不料工厂已经几个月没发工资了，他所在的工厂是私人老板办的，老板常常不按一般规律出牌，搞得家里经常捉襟见肘。还好有他老婆一个月两千多的工资定时发下来，日子才勉强过下去。想到这里，她转身对女儿说："要不你再陪阿姨说说话吧，待会再去写作业。"小女孩一听父亲这样说，高兴地答应了。

他的一连串表情被她看在眼里，为了避免让他难堪，她站起来对他说："我得去接儿子回家了，他要去学画画。"只是她知道自己在撒谎，儿子学画画没错，每次都有专门司机接送。迈出他家门槛的那一刻，她有了一个想法。

几天后，她给他打电话，说："我这边一个部门要搬，公司剩下一台风扇，遥控的，挺好用的，不知道你需不需要，需要的话就搬到你那边去，刚好帮我盘个地方出来。"他听了，心下高兴，心里想着，真巧，自己不刚好缺一台风扇吗？想到这里，他当然高兴地答应了，并一连声说了几声谢谢。拿到风扇的那一刻他心里更是高兴，原来以为是一台旧风扇，没想到却是这么新。

晚上，她的丈夫回来，对她说："你不是说要给同学买台风扇吗？买了吗？"她点了点头。她和丈夫非常恩爱，心里有什么事都会和丈夫商量，对丈夫，她无须隐瞒什么，而丈夫，也是非常通情达理。就是那天，她跟丈夫说了同学的状况，说想给同学买一台风扇，她的丈夫当然答应了。当知道她以这种方式送同学风扇的时候，她的丈夫笑眯眯地说："你的心思很缜密，因为你懂得去维护一个男人的自尊。如果你跟同学说要买风扇送他，对方肯定不会接受并且会伤到同学的自尊，你懂得以这样的方式去帮助同学，真不愧是我的好老婆！"

拐　点

成长的道路上，难免有迷惘的时候，在这样的时候，哪怕是来自陌生人的开导，都可以使你有所改变，这就是拐点的力量。

如众多的大学生一样，在这样一个丰收的九月，男孩踏进了梦寐以求的大学校门，开始了他的大学生活。

刚开始，大学生活让男孩觉得很新鲜，在接下来的日子里，每天重复的学习，生活方式让他感到了厌倦。大一结束时，男孩忽然天马行空地想：外面的世界如此美妙，他却被关在这个象牙塔里过着苦行僧般的生活，不如干脆休学一年，到外面走走，领略祖国的大好河山，一年之后，再回来读书，想到这里，男孩感到兴奋极了。一个夜朗星希的晚上，男孩背着母亲向父亲表明了自己的想法。一直以来，父亲对他都是很宽松的教育方式，在男孩成长过程中，父亲以其宽容的父爱，默许了男孩一次次看似"叛逆"的抉择。父亲听了男孩的想法，说："你也这么大了，可以自己出去走一走了。以前咱家条件有限，也没多带你到处走走，今天既然你这样想，就要做好周密部署，为自己的行动负责。"男孩很感激父亲对他的理解，

用我的温柔为你疗伤

对父亲说："爸爸，谢谢您的理解。为了节省开支，我决定出去的这一年以蹭车、蹭住为主。我只在口袋里放 200 元钱，银行卡里带 1000 元钱，这样即便丢失，损失也不会大。还有，我会每天给您打电话，让您放心。没钱的时候我会告诉您。"

　　第二天，男孩背起行囊开始了他的旅行。他徒步走到高速路口，手里举着牌子，牌子上写着将要前往的城市名称，求过路司机能够带他一程。他的举动引起了大家的关注，就有人好奇地与他搭讪，一位货车司机听了他的话之后，表示非常愿意带他一同前往。男孩的内心不禁涌起一股暖流，在出来之前，他曾经设想遭受别人拒绝的种种对付的招式，没想到事情出乎意料的顺利。一路上，男孩与司机相聊甚欢，男孩好奇地问司机，就不怕碰到坏人吗？司机笑了笑说："我们走南闯北的人，好人坏人一下子就看出来了。再说了，谁还没困难的时候，能够帮的就尽量帮。"司机的一番话让男孩深受感动。

　　就这样，男孩一路上受到了大家的热情帮助。这天，他无意中来到一个小村庄"牛车河乡"一个很特别的名字印在了男孩的脑海里，这个小乡村原本是没在他计划的行程里的，如今既然无意中闯了进来，既来之则安之吧。男孩正想到处溜达，忽然感到肚子疼痛，他四处张望，想寻找厕所方便，四处查看，发现周围没有厕所的标志，只有一户户人家。男孩捂着肚子走了过去，与主人说了自己的来意，主人听了后，热情地把男孩引到厕所门口。当他上完厕所走出来时，主人热情地邀请他一起吃晚饭。眼见天色已晚，他又不知道去哪里寻找落脚点，索性接受了主人的美意，就在主人家住了一晚。

　　第二天，男孩听从主人的建议，决定游览这个美丽的小乡村。他来到蜡烛峰前，看到前面一支旅游团也正准备往山上走，导游挥着小红旗在前面带队，后面的游客纷纷议论着："这里空气真好啊，景色也很漂亮。"其中一个背包游客接口道："牛车河我几年前来过一次，当时给我留下很好的印象，这次我是专门带家人过来欣赏景致的……"就这样，男孩跟在别人后面往前走。男孩为了留下"到此一游"的足迹，转身请一位男人帮他拍照，然后和这位男人聊了起来。男人告诉他，他是当地一家企业的管理人员，今天是作为东道主陪客人出来走走的。男孩告诉他对大学生活的困惑，觉得进入大学之后，与他期望的生活相差太远，对大学感到失望。男人听了，语重心长地对他说："其实，大学并不是专门用来培养有赚钱能力的训练场所，如果你要这样去想，说明你太小看你的大学生活了。大学学习阶段，主要是要把各个科目的内容进行整合，从而达到培养个人内涵的目的。虽然，成为富翁是每个人的梦想，同时也可以显示出一个人的内涵，但是，这并不是最终的目的。在我们生活中，可能每个地方都有高山，但是我们也要努力充实自己，才能使自己达到一个高度，如此，才能一览众山小……"男人的一番话，似拨云见日，使男孩最终在层层雾霾中看到了希望的曙光。男孩马上掏出手机，给他父亲发了短信，说："爸爸，我到达了一个拐点，在这里我得到了贵人的开导，我决定回家读书了。"

　　若干年后，在事业上取得成功的男孩回到了牛车河，这个拥有他拐点的地方。站在蜡烛峰前，男孩感慨万千，岁月如歌，在这首歌里，他弹奏出了美妙的音乐，而这些，得益于那个男人对他的开导。这么多年来，男孩深切体会到了知识的重要性，他决定在牛车河乡捐建一所希望小学，以感谢这个曾经是他人生拐点的美丽乡村。

遭遇骚扰

职场如战场，身处职场，是不是经常要多个心眼？当自身深陷困境时，以诚待人，在任何时刻，相信都是正确的。

大学毕业后，她在一家小公司找到一份文员工作。

老板是位四十多岁的中年人，看起来老练精干。而所谓的文员工作，却是包揽老板办公室的一切杂事，包括帮老板转接电话，打印材料等等。必要的时候，还得陪老板出去应酬。

这份工作的试用期是三个月，为了珍惜这个难得的工作机会，她尽心尽责，碰到老板搞新项目时，便绞尽脑汁，为老板出谋划策，每每赢得老板赞许的眼神。

有一次，晚上九点多了，可为了赶材料，办公室只剩下她和老板两个人。眼看事情马上做完了，她开心地舒了口气，她抬起头看着坐在对面的老板，只见老板正盯着她看，他一双清澈见底的眼神现出几许温柔。她看了，赶紧转移视线，没话找话地对老板说："事情马上做完了，真好。"

老板并不理会她的话，而是站了起来，直接走到她身边，一只手握着她的手，一只手摸着她的大腿，说："这段时间让你辛苦了，让我怎么补偿你呢？"她慌乱地站了起来，对老板说："请您别这样，让我把事情做完。"

"事情不急的，明天做也不迟。"老板完全陶醉在他的幻想中。她挣脱了老板的手，说："请您冷静点，这事情没做完，明天我们会有一笔不小的损失。"说完，她不高兴地换了个位置，重新忙了起来，完全不理会老板尴尬的眼神。

过了一会，事情弄完了。她把报表放在老板的桌上，说："请您过目。我先走了。还有，我希望以后不要再发生这样的事。"说完，她头也不回地走了出去。

第二天上班，老板看到她，不好意思地把视线转移到别的地方。接下来的日子，她发现，老板对她再不像以前那样热情了。她感到这个公司再不是让她停留的地方了，于是，决定辞职。

辞职信交给老板后，老板一句挽留的话也没有，只是冷淡地说："你半个月后再离开吧。"她轻轻地说了声"谢谢"，面无表情地从老板的办公室走了出来。

离开公司的前一个晚上，老板因为要参加应酬，要她陪他一起去。想到这是最后一次和老板一起出去应酬，她爽快地答应下来。当晚，老总们不停地向老板敬酒，因为喝得太多了，老板已不堪酒力，但他又不好意思拒绝。她看在眼里，顺手接过老板的酒杯，说："这杯就让我代劳吧，让我敬各位老总一杯，感谢各位老总一直以来对我的关照。"话音刚落，周围响起了经久不息的掌声。

回去的车上，老板问她："你为什么要替我喝那杯酒？""身为老总，要处理的事情很多，无论如何，身体是第一位的，我不希

用我的温柔为你疗伤

望您喝醉。"她实话实说。老板缓缓地把车停在路边，真诚地对她说："以前是我小看你了。我现在才知道，真心实意关心我，真心帮公司做事的人是你。你别辞职了，留下来吧。还有，我为上次对你冒昧的行为表示道歉。"

兄　弟

他们从小一起长大，他们亲如兄弟，但是，迎接他们的，却是截然不同的人生道路，是否应了那句话——性格决定命运？

张武与王三从小一起在旮旯村长大，两人在一次高考之后双双落榜，相约到厦门找工作。

他们坐了几个小时的车来到厦门。厦门洁净的道路，林立的高楼大厦以及有素质的市民在张武和王三心里留下了深刻的印象，他们在心里默默地想，在这片土地上好好打拼，争取立足在这座城市里。

他们在城乡接合部租了套民房。两人早出晚归找工作，几天过去，他们却一无所获。

他们到厦门之后的第二个星期一的早上，张武和往常一样，七点起来刷牙洗脸，准备出去找工作。在他起床的时候，他看着还窝在被里的王三，喊着："王三，王三，起床了，我们要出去找工作了。"

王三睁着惺忪的睡眼，不情愿地嘟囔着嘴，说："不用这么早吧。"话虽这样说，还是不情愿地起床刷牙洗脸，和张武一起出去找工作。

夕阳西下，他们拖着疲惫的身躯回到宿舍，一无所获。

第二天早上七点，张武仍然在固定的时间起床，他看着还躲被窝里的王三，转过身来喊了喊："王三，起床了，出去找工作了。"王三不情愿地嘟哝着嘴，说："不用这么早吧。"顿了顿，王三接着说："你先去找吧，我再睡一会。"

听到王三这样说，张武也不强求，说："那我就先出去了，你待会到外面看看，多了解下。"王三"嗯"了一声，转过身又睡了过去。

傍晚，张武回到宿舍，看到王三早已经在宿舍了。张武与王三分享找工作的经历，对王三说："你今天有收获吗？有家建材公司在招收业务员，我去面试了，公司经理让我明天开始上班，试用期一个月。"王三其实在宿舍待了一天，根本没出去找工作，听到张武这样说，他不好意思直说，只嗫嚅着说："我今天没收获。"

第三天，张武还在原来的时间起床，洗漱一番之后，背着背包出去上班了，王三迫于压力，磨蹭到九点多，也关上宿舍门走了出去。之前他听别人说，做业务很辛苦，要到处奔波联系业务，张武去做业务，他甚至嗤之以鼻。

碰巧，一家酒店要招收服务生，王三上前应聘，意外地被录取了。自此，王三开始在酒店从事服务生工作。

第一个月下来，张武没做出业绩，只拿到了 800 元的底薪，王三拿到 1600 元的试用工资。看到张武拿到的工资只是自己的二分之一，王三怂恿张武，说："你和我一样做服务生吧，业务也别跑了，赚不到钱。"张武说："做业务虽然短期赚不到钱，但是有前景，而服务生只是青春饭，没有发展空间，我还是喜欢做业务。"王三见张武不听劝，也就懒得管他。

几个月时间过去，张武的业务慢慢有了起色，第二个月领了两千多，第四个月领了四千多，他不满足于现状，更加卖力地开拓市场。王三使用期过后，工资固定在了两千五。

一年之后，张武成为区域经理，月薪上万。王三看了，觉得无趣，为了赶上张武的收入，他进行了深刻思考，觉得自己在服务生行业混不出名堂，在张武的帮助下，王三进入张武公司，成为一名业务人员。

真正跑起业务来，王三才知道做业务真考验人的毅力。有的客户第一次见面就直接下逐客令，有的客户则很粗暴地拒绝，能够平心静气地说不需要的人都算有修养了。当然，也有热情的客户，看到王三刚出校门的学生样，为了鼓励王三，答应与王三合作。不过，这样的客户很少，大部分需要靠王三的能力，几次三番地说动客户。几天下来，王三受不了客户的气，内心受到挫折，整个人都泄气了。

张武看在眼里，笑眯眯地对王三说："男人就要有坚强的毅力和百折不挠的意志，没事，挺挺就过去了。"王三虽然嘴上答应，对做业务心里还是有所恐惧。

几个月过去，王三的业绩有所上升，但是却停留在两千多的收入。时间一天天过去，王三的业绩却在原地踏步走，王三也认命了，该吃吃，该喝喝，日子一样过下去。

几年之后，张武在厦门岛内买了房子，之后又买了车子。王三再没和张武同住一个宿舍的机会了。此时，王三也谈了女朋友，然后顺风顺水地结婚生子。由于岛内房价高，王三带着老婆孩子到岛外租房子。

转眼，十年的时间过去了，张武事业有成，家庭幸福，王三在岛外租着房子，一个月还是领着两千多的工资。他经常会和老婆孩子谈起张武，其中第一句话就是："我和张武是兄弟，十年前，我和他一起来到厦门……"

第三辑　用我的温柔为你疗伤

　　　尘世间的爱情，一直是个永恒的话题，爱情的
美好，不仅仅在于相互之间的欣赏与愉悦，更在于
在有些时候，可以《用我的温柔为你疗伤》，不管
是《1992年的那场雪》，还是《不要轻易说分手》，
都是那么让人记忆深刻。

春华与秋实

　　一场邂逅，一段偶遇，都可能成就一段美好的爱情。春华秋实，
同样演绎出真挚感人的爱情故事，你若盛开，清风徐来。

　　在西湖遇见春华，纯属机缘巧合。正是因为这份巧合，使秋实
彻底相信他和春华之间是存在缘分之说的。

　　那天，秋实陪同公司客户到西湖。一到西湖，江南秀美的景色
使秋实身上的疲惫一扫而光。他陪着客户正漫步在西湖烟雨迷蒙的
石径路上，目光所到之处，见到从前面的一家店里走出一位年轻女

孩，女孩的名字叫春华。春华披肩长发，俊秀典雅，一身清爽的打扮，看起来神清气爽。春华款款地走到路边的一位环卫工人旁边，把手里的东西拿给环卫工人。此时，秋实正好从环卫工人身边走过，他听见环卫工人对春华说："小妹，让您费心了，谢谢。"春华腼腆地笑了笑，说："不客气，我也是打工的，不能给您太多帮助。刚好今天店里有赠送活动，我就带了些吃的给您。"春华说完，转身走进店里。

秋实看到这一幕情景，心里一股暖流油然而生。对于处在商场中的秋实而言，面对的是商场上为了一丝利益而钩心斗角的场面，在他的内心深处，怜悯和同情早就在商场的交战中随风而去，这一幕，却唤醒了他心中柔软的一面。秋实心下一动，和客户打了声招呼，跟在春华的身后走进店里。

这是一家精致的小店，店里卖的大多是当地特产。秋实随意挑选了几款特产，找了个借口跟春华要了联系电话，依依不舍地与春华告别。

这之后，秋实几次带客户到西湖旅游，他总是到春华的店里买上一些特产，一来二去，跟春华很熟悉了。秋实打听到春华的生日，在春华生日那天，从网上订购了一束玫瑰花寄给春华，飘着淡淡幽香的信纸，秋实深情款款地对春华说："这家花店的花一辈子只送给同一个人，我希望在我生命的历程里，一直都有你的相伴，相伴的日子不长，就一生！"春华手里捧着怒放的玫瑰花，看着信笺上的字迹，感动的泪水汹涌而出。春华接受了秋实深情的爱意。

他们恋爱维持了半年多，秋实希望春华能与他一起回去见见父

用我的温柔为你疗伤

母，春华想了想，应允了。一路上，春华在想着秋实的父母见到她后会怎样？通过这半年多与秋实的来往，春华知道，秋实家境殷实，是家里的独生子，各方面条件都很好。而自己，不仅相貌平平，学历不高，还是一个打工的，秋实的父母能接受她吗？春华偶尔从秋实的只言片语里了解到他的父母一直反对秋实与她来往，要不是秋实意志坚定，他们俩早已分道扬镳。

一扇锃亮的防盗门开启，宽敞的客厅，典雅的装修，使春华心底先不自在起来。她抬头看一眼秋实的母亲，一身高贵的打扮，使穿得很普通的春华黯然失色。秋实的母亲看到春华，冷冷地说了一声："来啦。"就转身进了房间。要不是看在秋实的面上，春华真想夺门而出。

待在秋实家的两天里，春华好像自己度过了漫长的两年，内心深处受到了强烈的煎熬。返程的时间到了，她逃也似的离开了秋实家。

这之后，春华有意无意地淡化了与秋实的联系。而秋实，却仍以满腔的热情向往着他们的未来。

这天晚上，春华独自一人伫立在西湖边。夜晚的西湖，在皎洁月光的衬托下，好像一位披着薄纱的少女。远处，一阵阵悠扬的丝竹声传来，给西湖增添了几分婉丽，行人三三两两从身边经过，衬托出了西湖的安详、静谧。春华边走着，一眼瞥见秋实满脸喜色地向她走来，秋实兴奋地对春华说："亲爱的，我妈妈打电话来，热情邀请你去我家。你不知道，我们来往这么长时间，我是第一次看到我妈妈对你这么热情，所以啊，我兴奋得马上赶来，要与你一起分享这个好消息。"

听着秋实的话，春华却一点也高兴不起来，她抬起头看了看夜空，忧郁地说："秋实，你说我们的事到底会不会有结果，说实话，你妈妈的态度我真吃不透。"

"你啊，就别胡思乱想了。我妈妈已经接受你了，放心吧。"秋实清澈的眼睛看着春华，真诚地说："对了，你知道我妈妈为什么态度会有这么大的转变吗？就在前几天，我妈妈看了电视上的新闻，看到本地志愿者的报道，我妈妈看到屏幕上的你正在给一位老人洗脸，你的表情那么自然真诚，我妈妈看了，当时就被感动了，到了此时，我妈妈才知道，原来她未来的儿媳妇有着一颗晶莹剔透的心。"

春华听了，恍然大悟起来。早在几年前，她就加入志愿者行列，只要有空闲，她都会为孤寡老人做些事。在她内心深处，觉得这是一件很平常的事，在付出的同时，从来也没想到去获得什么，没想到这么多年的付出之后，她却收获了沉甸甸的爱情。春华想到这，一股甜蜜涌上心头，此时的西湖在她看来，显得更加婀娜多姿。

我给保姆当保姆

原本是请来的保姆，阴差阳错，结果"我"却成了她的保姆，一段美好爱情的开始，即便成为"她"的保姆，又怎样呢！

眼见我已步入三十八岁的年龄了，可仍然打着光棍的旗号。这不，过年，我都没脸回去见江东父老了，不说别的，父母的唠叨声就让

用我的温柔为你疗伤

我够受的了。

正为自己的终身大事发愁，公司刚好招了一名文员进来。就在她进门的那一刻，我的眼球顿时被她的美貌吸引住了，苗条的身材，瓜子脸，双眼皮，要多漂亮有多漂亮。于是，上班的第一天，我就打听到了她的名字"丽娜"你听，多洋气的名字啊！

丽娜进公司后，我时不时邀请丽娜一起到外面吃饭游玩。从谈话中，我知道，丽娜刚大学毕业，还没男朋友。经过一段时间的接触，我发现丽娜对我也很有好感。

渐渐的，我们进入了甜蜜的恋爱阶段。这天，我和丽娜在公园散步，我瞅准机会，偷偷从边上摘了一朵花，然后单膝跪地，对丽娜说："娜，请接受我的求婚吧，嫁给我吧！"丽娜一听，"扑哧"一声笑了出来，说："阿龙，其实我也很喜欢你的。不过呢，我有个要求。"我一听，赶紧站了起来，说："什么要求？别说一个要求，十个我都答应你。"丽娜说："说实话，嫁给你可以。可是，我们结婚后，我不想跟你父母住一起，还有你要请个保姆，给我们做饭洗衣。"我一听，鸡啄米似的说："没问题，我父母都在乡下，肯定不会跟我们住一起的。"说完这句，我灵机一动，撒了个谎，说："至于保姆嘛！你也知道，我这人也干不来家务活，家里早就请了保姆了。"丽娜一听，高兴地"卜"的亲了我一口，说："是吗？真太好了，明天刚好是情人节，我上你家去，叫保姆烧一桌好吃的饭菜，我们来个浪漫的烛光晚餐。"

我一听，大叫不好。原打算明天情人节请丽娜到外面吃饭的，没想她却要到我家来了，这可如何是好。我家根本就没保姆嘛，想到这里，我也无心和丽娜谈情说爱了，跟丽娜说了声："明天见。"就急匆匆赶回家。

　　走在路上，我心里犯愁了。看来要到哪里找一个临时保姆了，先把丽娜糊弄过去再说。这一想，我赶紧跟家政公司打了电话，没想到打了几个电话，都说新年刚过，保姆走俏了，没保姆可请了。这下我真的发愁了，怪就怪自己信口开河。我边走边叹气，这时，我看到路边站着一个女孩，女孩穿着一身脏衣服，看到路人走过，就向人家鞠躬，然后说着什么。看得出，她是在向别人乞讨，可是，别人都躲瘟疫似的躲得远远的。我一看，这是一个很好的机会啊。于是，我走上前，对女孩说："你到我家当保姆，一天五十块钱，怎么样？"女孩听了，说："好是好，不过一天要200元，而且连请两天我才去。"这说的什么话？这不是明摆着宰人吗？我刚想拒绝，又一想，真来不及了，也只好豁出去了。于是，我答应了女孩的要求，又问了她的名字叫小娟，然后我带她在路边地摊买了一套便宜的衣服，给她回去换上。

　　第二天，我拿了几百块钱，叫小娟早早地到菜市场采购。下午五点多，丽娜过来了，她先对我家的每个房间看了个遍，看得出，她对我这三居室的房子很是满意。看到丽娜的笑脸，我就知道，我即将告别我的单身生活了。这时，小娟回来了，热情地跟丽娜打了招呼。接下来，小娟在厨房忙着，我和丽娜在客厅看电视，不一会，一道道菜送上来了。真看不出，这小娟还烧了一手好菜。丽娜边吃，边赞不绝口，还亲热地对我说："阿龙，你家保姆手艺这么好，我担心我们结婚后我会胃口大增，吃得白白胖胖的，那可咋办？""那就变成一头大肥猪吧。"我开玩笑道。"讨厌。"丽娜娇嗔了一句，

用我的温柔为你疗伤

双手向我高高地扬了起来。

　　第二天，相安无事。到了第三天，一大早，我就去敲小娟的门，敲了许久，没有任何动静。我感到奇怪，推开房间门一看，只见小娟在床上打滚，痛苦地呻吟着。我一看，慌了手脚，马上叫来了120急救车，然后跟公司请了假，跟着救护车来到医院，医生做了检查后，说："是急性阑尾炎，要马上动手术，先把钱交了吧。"我听了，心里大叫倒霉，非亲非故的，还要帮她付医药费。可我总不能眼睁睁地见死不救吧，想到这里，我只得去窗口交了钱。做完手术，我又跑上跑下地忙着一些事。

　　在医院待了一星期后，我把小娟接回家。我几次向小娟打听她家地址或亲人的电话号码，没想我一问，小娟就哭了，我慌了手脚，不好再问什么。小娟手术后要卧床休息，饮食方面也要非常注意，没办法，我只有亲自下厨给她做吃的。这下可好，原来是自己请来的保姆，现在我倒成了她的保姆了。

　　自从小娟生病以后，我跟丽娜约会的时间是越来越少了。

　　这天，我到办公室，听到别人在窃窃私语，我才知道，丽娜跟我们的经理谈上了。我一听，心糟透了。回到家以后，我对小娟莫名其妙发了一肚子的火，小娟不说什么，看我发泄得差不多了，小娟说："对不起，我原来想从你这里赚够车费就回去的，没想到生病了，是我害了你。"听她这样说，我反而平静下来了。我打开电视，随意地按着，百无聊赖地看着电视画面。

　　正在这时，电视上出现了一个寻人启事，我仔细一看，这不是小娟吗？到了这时，我才知道，原来小娟跟家里人闹矛盾，一气之下离家出走了。我看了看电视，再看了看小娟，小娟看我这样盯着她，脸红了起来，说："看什么？那电视上的人就是我。"

原来，小娟研究生毕业后，就到外面找工作。可是，她的父母怕她碰到坏人，不管小娟去哪里面试，小娟的父母都跟在后面，说要帮她把关。小娟郁闷极了，几次跟父母沟通都没有效果，于是，一气之下就离家出走。到了这座陌生的城市以后，她的行李和钱包被小偷偷走了。小娟不好意思跟家里人要钱，迫不得已，就上街乞讨。可是没人相信她的话，刚好，碰到我要找保姆，于是，就跟我过来了，没想到，却又生病了。我征求了小娟的意见，跟她家里人打了电话，要她的父母放心。打完电话，我触景生情，说："可怜天下父母心，我父母为了我的终身大事操碎了心，上上下下地张罗着，可我不但不领情，还怪他们啰唆。想想当父母的也真是不容易，你以后可不能再干这些傻事了。唉，不管以后有没找到女朋友，每年我都要回家看看的。"

"谢谢你对我的关照，我也知道了，你是一个好人。明年我陪你一起回家吧。"说完，小娟看了看我，不好意思地低下了头。

爱情树

两个人的相处，难免有一些误会或分歧。两个人的感情，有如，那正待长大的爱情树，同样需要细心的呵护。

阳春三月，春意盎然。

用我的温柔为你疗伤

　　他和她携手走进园博园，今天的园博园，百花盛开，争妍斗艳。

　　前面不远处，一群人围在那边，红男绿女，甚是热闹。他拉着她的手，一起走了过去。到那边一看，原来是一对对情侣，正在这片充满生机的"爱情林"里认养"爱情树"。认养爱情树的方法很简单，交上120元，带着自己的身份证进行登记，然后交一张两人的合影，"爱情林"的工作人员就会帮忙办理一张有着合照的卡片，然后带着这张卡片，每月可以进园一次，对认养树木做一些养护。情侣们通过这种方式见证"执子之手，与子偕老"的爱情誓言。

　　她看了，心里甚是喜欢，要他也认养一棵。正处于热恋阶段的他爽快地答应了，身份证在包里随身带着，合影碰巧他钱包里正收藏着一张，于是，他们和其他情侣一样，当场办理了一张认养卡。

　　自此，每月的一天，他们总要相约着，一起到爱情林里养护他们的爱情树。他们参照工作人员发放的养护知识，对爱情树进行拔草施肥。她手里拿着洒水壶，让一滴滴晶莹的水珠洒在爱情树上，心里充满甜蜜。在接下来的几个月时间里，每月一日，他们总能笑吟吟地出现在爱情树旁，对爱情树进行浇灌和呵护。

　　可是，忽然有一天，他们却不再出现在爱情林里。因为一场争论，他们分手了。好面子的他自认为自己没错，不肯先开口道歉，而她，虽然心里觉得理亏，可又一想，你一个大男人，就因为这件小事，就和我如此计较，以后结婚后那还了得，若自己主动认错，岂不是更助长他的男人脾气。她就这样想着，赌气地不再与他联系。

　　他们就这样互相生着对方的气，日子一天天过去。一天，她和几个女友一同到园博园游玩，想起他们认养的爱情树，她不自觉地走了过去。到那边一看，一个男孩和一个女孩正对着爱情树浇水施肥呢。她定睛一看，那个男的正是他，而那个女的，却是一个清纯可爱的女孩。她气极了，伤心地扭头就跑。

回去之后，她答应了同事彼得的追求。彼得很早就喜欢她了，只是因为她那时正与他谈恋爱，拒绝了彼得的追求。现在，当她知道自己的守候成为空想时，她义无反顾地扑进了彼得的怀抱。

第二年的植树节，她和彼得来到园博园，想重新认养一棵爱情树。这时的她，已经答应了彼得的求婚，于是她心里想着，这次认养的这棵爱情树，肯定能够持久。她办理证件的时候，工作人员还认得她，高兴地对她说，你是来续费的吧，你们认养的那棵爱情树长得可好了，这段时间你是不是出差了啊？好长时间只看到你男朋友一个人过来养护爱情树。她听了，愣了愣，随口答道："他哪里是一个人，他不是还带着一个女孩吗？"工作人员笑了笑，说："你误会了，那个女孩是他表妹，并且也才来过一次。怎么，你吃醋了？"她不好意思地笑了笑，拔腿就往那棵爱情树跑去。一年时间过去了，她忽然很想看看他们的爱情树长得怎么样了。

爱情树旁，她以前的男友正蹲在地上拔草，旁边，放着一些肥料。而那棵属于他们的爱情树，正飘着淡淡的花香，爱情树在他的精心呵护下，已经开花了。她的头脑里，忽然涌起他们在一起生活的点点滴滴。他对她的宽容和呵护。她不自觉地走了过去，拿起洒水壶给爱情树浇水。他看到她，先是愣了一下，随即惊喜地说："我知道你会来的，你看看，我们的爱情树长得多好，遗憾的是，我们的爱情却不在了。不过，我还是祝福你。"

"这些都是你造成的，谁叫你一个大男人，对我如此斤斤计较。"她赌气地说。

"我哪里斤斤计较了，我们吵架的第二天，我就给你打了几个电话，可是你都按掉了，不肯接我电话。"他说。

"什么？"她忽然感到很吃惊，原来那几个电话是他打的。她清清楚楚地记得，那时是有接到几个电话，可号码不是他的，所以，她没有回拨给他。想到这，她不甘心地说："那个号码明明不是你的。"

"呵，那时手机刚好被偷了，急着跟你联系借了朋友的电话，没想到让你误会了。"他说。

误会消除了，于是，他们重归于好。看着他们的爱情树，她心里想着，其实她和他之间的爱情，就像这棵爱情树，只有辛勤地浇灌与呵护，才能开出幸福之花。

哥们的爱情

虽是哥们的爱情，却因为特殊的职业，让人操碎了心。庆幸的是，最终皇天不负有心人，哥们最终收获了美满的爱情。

十二月里的一天，外面冷风嗖嗖，我和妻子刚吃完饭，我收拾碗筷正准备到厨房洗碗。结婚之前，妻子就和我约法三章，说不能让油腻的洗碗水侵蚀了她娇嫩的双手，要求婚后她负责做饭，我负责洗碗。让妻子永葆青春甚至爱护她一双娇嫩的手是每个男人的责任，我毫不犹豫地答应了下来。

我家的门铃是在这时候清脆地响了起来，我们家平时客人少，来的无非是我的几个哥们，我打开门一看，真是我的哥们唐老三。唐老三是我和方文为他取的外号，在我们三个人中，他年龄最小，所以排在第三，号称唐老三。我们三个原本是很好的哥们，天天混到一起，后来我和方文告别了单身的日子，纷纷步入婚姻的围城，唐老三则还在围城外徘徊，羡慕地望着围城内的我们。并不是唐老三不屑于进围城，我们进围城之后，时常与妻子手牵手在小区散步，被唐老三遇见了几次，唐老三炯炯有神的眼睛流露出了羡慕的光环。按道理说，唐老三的家庭环境不错，是家里的独子，他父母都是公务员退休，在他大学毕业之后，父母已经为他准备好了房子车子，只等唐老三觅得佳人后结婚生子，过上普通人的幸福生活。遗憾的是，虽然我们三个都是同年大学毕业，方文是在大学一毕业时就马上结了婚，我是在走上工作岗位的一年之后，在亲朋好友的热心撮合下成了有家室的人。唐老三父母包括唐老三在内，以谦虚的学习精神想着向我们靠拢，向我们学习，无奈给他介绍对象的媒婆踩破了他家门槛，唐老三也没捞到一个女的。追究其原因在于唐老三的职业作怪，毕业之后他就当了一名城管，女方听到他的家底，看到他帅气的脸庞时还会在内心深处油然而生一股爱意，但是一听说唐老三是一名城管，演变成只有开头没有下文的故事。

我和妻子热情地招呼唐老三在沙发上坐下，妻子本来在看一部电视剧，电视剧演的画面正是几个城管在街上巡逻的镜头，妻子怕刺激到唐老三的神经，赶紧换了一个频道。唐老三苦笑了笑，对妻子说："嫂子，我已经不在乎了，不过可以看出嫂子的细心。"妻子听了，马上得意地应了句："那是。也不看看咱是谁的老婆。"

唐老三落座后，妻子直接就切入主题，问唐老三最近有没交女朋友。唐老三苦笑了笑，说："前几天我远房亲戚介绍了一个，镇里教书的，对方听到我家的条件，说可以了解下，我们加了微信聊天，本来嘛，我们还聊得挺火热的，女孩子也希望能找个城里的，可是对方听说我是在城管局工作之后，就说他们镇里的人对城管意见非常大，原因是当地的城管看到路边随意摆摊的，直接把东西扔上车就走，城管的人每次都是开着空车出来，满载而归，车一颠一跛地向城管局开去，车里满载着猪肉、青菜、鸡、鸭等各种吃的和用的，后车厢里公鸡在引吭高歌，鸭在嘎嘎歌唱，现在镇里的人只要一听到城管，都恨得咬牙切齿。女孩子说，为了不让别人对她评头品足，为了下一代的健康成长，我们还是分手吧！"

"分就分了，嫂子慢慢帮你留意。"妻子宽慰唐老三。唐老三愁容满面地说："说实话，我对这个女孩子印象还不错，舍不得轻易和她说再见。再说，这么频繁地被女孩子甩了，我担心家里两位老人受不了。"说完，唐老三重重地叹了口气。

这之后，很长时间没看到唐老三了，给他打了电话，原来唐老三为了在女孩子的家乡树立他高大的形象，特意申请调到那个女孩子家乡的城管局上班，期望能赢得芳心抱得美人归。

光棍节到了，为了对唐老三的近况表示关心，我和方文驱车到了唐老三女朋友所住的镇上。

到镇上时，夜幕已经降临，街道霓虹灯闪烁，在街道的两边，小摊小贩摆满了各种物品在大声吆喝。我和方文伫立路边，想浸染些古镇的气息。这时，我看到唐老三穿着工作服从前面走来，在他旁边跟着两个手下。唐老三看到路边摆摊的，微笑着对对方说："摆到西门那边去吧，那边有划分的区域，允许你们摆摊，人流量也比这边多。"边上几个小贩听了，顺从地点了点头，挑起担子就往前走。这边一个上了年纪的老头子颤巍巍地站了起来，试图弯下腰要挑起担子，却因为站立不稳差点摔倒在地。唐老三赶紧上前扶住老汉，示意身边的一个手下帮老汉挑起担子到西门去。唐老三处理完那边的事，看到一位老太太在冷风中守着篮子里的青菜，老太太单薄的身子在瑟瑟发抖，唐老三见了，脱下自己的外套给老太太披上，老太太慌乱地推辞着，见推辞不过，安心地披上了外套，挑起担子走了。我和方文看到此情此景，相视一笑，我对方文说："方文老弟，看来我们可以放心了，看我们的唐老三有希望'脱光'啊。"

不要轻易说分手

情侣之间，总会因为或这或那的争吵，还没吵三句话，分手的话就从嘴边说出。是意气用事，还是为了标榜个性。脆弱的感情，需要双方的呵护，而不要轻易说分手。

公司组织七日"新马泰"游，文芳跟同事正沉浸在愉快的旅途中。这天，文芳正在一家商场挑选送给男朋友常睿的礼物，这时手机铃响，

用我的温柔为你疗伤

文芳一看，是男朋友打来的长途电话。

文芳甜甜地对着话筒"喂"了一声，刚想对着话筒说些温柔的话语，只听常睿低沉的声音在耳边回响："芳芳，我们分手吧，我……"

"嘟嘟嘟"话还没说完，电话就被挂断了，只留下一串串忙音。

文芳的手机"啪"一声掉在地上，她愣了一会儿，回过神来，不相信自己的耳朵，赶紧捡起电话，给常睿回拨过去。

对方的手机出现一阵阵忙音，文芳拨了一次又一次，还是没拨通。她闷闷不乐地走出商场。

走在路上，泪水顺着文芳的脸颊流了下来，自己离开家才几天，就发生了这样的变故。在两人商量着举办婚礼的时候，常睿却提出了分手。想到这儿，文芳就痛不欲生。

在接下来的时间里，文芳再没心思游玩，好友婷婷看在眼里，急在心里，说："跟你说一见钟情的感情不牢靠，信了吧，别想那么多了，回去我介绍个优秀的男朋友给你。"文芳面无表情地点了点头。

七天的旅游结束后，文芳回到单位上班。她想知道常睿提出分手的原因，一直给常睿打电话，但对方的电话却停机了。

在婷婷的热心撮合下，文芳又结识了一位大学老师葛非，对方文质彬彬，善解人意，文芳对他也有好感，两人慢慢有了进一步的发展。

这天，葛非打电话约她吃饭。两人在"清香阁"见面了。两人落座后，文芳打开电视，最近的电视都在播放地震的消息，文芳不止一次流下眼泪，也为灾区人民捐献了自己的一份爱心。两人默默地吃着饭，看着电视的画面交谈着。这时，葛非从包里拿出一个精致的盒子，盒子打开，一枚漂亮的戒指闪着迷人的光彩。

葛非小心翼翼地取出戒指，对文芳说："芳芳，这个送给你的。"

文芳微微笑了笑，说："不好意思，我现在不能接受，我，我……"文芳躲闪着葛非炽热的眼神，眼睛故意盯着电视的画面。这时，只听她尖叫一声："常睿，是他……"说完，和葛非打了招呼，急匆匆地冲出门去。

这边，常睿正躺在病床上接受记者采访。地震发生后，他身为消防队副队长立即到灾区展开救援工作，因为时间急，他没和文芳打招呼就上路了。到了灾区，常睿没日没夜地进行施救工作，也没有和文芳联系。

那天，常睿和队友们正对压在废墟下的一名伤员进行抢救，上面的废墟突然砸了下来，他把身边的战友推开，自己却被压在废墟当中。

经过抢救，常睿的命保住了，但却失去了双腿。经过几天几夜的思考，常睿给文芳打了电话，提出了分手。话还没说完，电话就没信号了，他想，以这样方式分手也好，省得文芳难过。他平静了下来，每天乐观地接受治疗。

这天，常睿正躺在病床上，带领他们进行抗震的徐政委走了过来，他对常睿笑了笑，说："走吧，我带你去一个地方。"说完，用轮椅把常睿推了出来。

他们走进徐政委居住的帐篷，常睿正要开口说话，这时，他看到边上的电脑屏幕上，视频中的一个人映入了眼帘，那不是文芳吗？

只见视频中的文芳穿着婚纱，显得更加楚楚动人，而在文芳边上的，还有他和文芳的双方父母和亲朋好友。

这时，站在一旁的徐政委开口了，他说："多好的姑娘啊，为

用我的温柔为你疗伤

了见证你们的爱情，文芳同我联系，决定和你举行视频婚礼。来，就让我来当你们的见证人吧。"

这真是太意外了，常睿呆呆地看着视频中的文芳，激动得说不出话来。这时，只听视频中的文芳说："阿睿，不管你在哪里，不管你现在怎么样，相信我，我都会爱你的。也请你不要轻易说分手，好吗？"文芳说完，两行泪水顺着脸颊流了下来。

常睿哽咽地说："芳芳，是我对不起你。"

"别说那么多了。再怎么样，我们都要坚强面对。"说完，文芳微微笑了笑，对徐政委说："政委，婚礼可以开始了。"

徐政委被深深地感动了，他递给常睿一瓶矿泉水，庄严地喊道："一拜天地。"

常睿听了，和视频中的文芳双双拜了天地，接下来，他们又拜见了双方的父母。拜完了父母，在夫妻对拜完后，常睿拧开了矿泉水的盖子，对着文芳做了个喝交杯酒的姿势，视频中的文芳也做了相同的动作，两人对着屏幕，喝下了这难忘的交杯水。一场别开生面的婚礼就这样开始了……

改变你的形象

爱情的力量是伟大的，喜欢上一个人，可以为对方而改变，也可以试着去改变对方。当一切得到磨合，发现生活，原来是这样的美好。

当我抬起头时，女孩的打扮把我吓了一跳，随意绑着的马尾巴，嘴唇没有一丝红润，穿着一身简单的运动装。当她怯生生地喊我"老师"的时候。我不禁"扑哧"一声笑了出来。任我见多识广，也从没见过如此打扮，又对着身为总经理的我叫"老师"的。

听到我的笑声，她的脸涨得更红了。我不禁打趣道："你知道我们现在招聘的是什么职位吗？""知道，文秘。"她说。"回答正确，俗话说：人靠衣装马靠鞍，你的打扮不但没有给人耳目一新的感觉，甚至还给人留下邋遢的印象。这样的风格很难让面试官对你产生好感。"我揶揄道。

她的脸涨得更红了。我随意看了下她档案里的名字"林小花"。就连名字也和她本人一样，毫无生趣。

"我们要求对方年龄22至27岁，可是你已经28岁了，超龄了。"我再一次感叹。林小花听了，不好意思地说："对不起，我没注意到。"

"不是我们不喜欢28岁以上的女性，而是因为到这年龄的，很多人都有了家庭，会影响到事业的发展。"我说。

"不，我没家庭，甚至不会去谈恋爱，我会把所有精力投入到工作中的。"林小花热情地说。

我更诧异了，说："你为什么不谈恋爱？"

"谈恋爱就意味着结婚，结婚就意味着生孩子和做家务。我不喜欢这样的生活，我喜欢在节假日的时候，一整天躲在被窝里看书，不用做任何家务。"她说。

我差点晕了过去。想起昨天在网上看到的对"干物女"的解释。林小花真是一个典型"干物女"的形象。

用我的温柔为你疗伤

她特异的举止把我吸引住了。我竟然鬼使神差地对她说："恭喜你通过了初试。明天下午两点到我办公室进行复试，到时，老板会亲自过来面试的，建议你打扮下，给他一个好印象。"

她接连道了几声谢，就走了。

第二天，在约定的时间里，林小花推开办公室的门走了进来。这次，她给我耳目一新的感觉，一头飘逸的长发，一身合体的连衣裙，就连嘴唇，都涂上了殷红的颜色，我在心里暗暗叫好。老板对她进行一番面试之后，满意地录用了她。从此，她成了我的手下。

她做事很卖力，深得老板的欣赏。在一次一起吃午餐的时候，我故意坐在她对面，说："我有一个问题想问你，你不会介意吧？"

她浅浅一笑，说："客气了，我能被录取，要感谢你才对。什么问题，说吧。"

"难道你以前都是那样邋遢的打扮？"我说。

"那样打扮不好吗？自由闲适。不过真要感谢你的建议，那天我回去后，叫一位朋友帮我进行形象设计，设计出来之后，我才发现原来自己长得这么漂亮，回头率达到百分之百。可惜错过很多大好时光了。"她说。

我哈哈大笑。

"周六我们一起去爬山？"我试探道。

"嗯"她嘴里正吃着饭，对我点了点头。

第二天，我们一起去爬湖尾山。路上，她感慨地说："以前，每到周六，我都是躲在家里看电视，也懒得出门。现在才知道，外面的世界很精彩。"

"你知道网上对你们是怎么称呼的吗？"我故意问她。

她笑了笑，"'干物女'呗，其实对这称呼我是一点也不在乎的"她说。

"抢劫啊，救命啊，有人抢劫啊。"正在我们聊得热乎的时候，前面的密林深处传来一阵求救声。我才想起，这地方由于树木茂密，游人稀少，所以不时会发生抢劫事故。我还没反应过来，看到边上的林小花扭头就跑，跟在歹徒后面拼命追着。她的举动起到了一个很好的榜样作用，几个男人也加入追歹徒的行列。最后，在几位游客的合力下，一把抓住了歹徒，并交给赶来的警察进行处理。

我不禁对林小花刮目相看，开玩笑对她说："没想到'干物女'也有优点。"她哈哈地笑着，说："我特讨厌这些坏人，下意识就追了上去，也不管有没危险了。其实，如果每个人都有乐于助人的思想，这些不好的事情会减少很多。"

两个月后，我找了一个机会，对林小花表达了我的爱意。林小花咯咯笑着，说："要是以前，你肯定会吃闭门羹的，以前的我特怕恋爱，想着恋爱会给我带来很多麻烦，我就提不起精神。可是，今天不同了，我感受到和你在一起的乐趣，我甚至想着和你一起，直至天荒地老。"

1992 年的那场雪

一段感情，因为一场鹅毛大雪，而在记忆深处占据着重要位置。曾经沧海，待一切世事变迁，花开花落，物是人非，却依然记得 1992 年的那场雪。

迭茂告诉舍友他要回家探亲的消息后，林涛开口了，说："哥们，托你一件事吧。我老乡张丽正巧也要回去，你们同路，麻烦帮忙照看下。"迭茂答应了，张丽是学校校花，平时只有仰望的份，这下有机会与她独自相处，迭茂心里别提有多高兴了。

于是，他抽空到火车站买了两张票，他和张丽的。到了上车时间，由于这趟车是过路车，又适逢春运期间，黑压压的一群人挤在车门要上车。迭茂看阵势不对，他一眼瞧见打开的窗户，灵机一动，对张丽说，我们从窗户进去吧。

于是，在迭茂的帮助下，张丽先从窗户爬了进去，迭茂把行李递给张丽，自己也跟着钻进车厢。两人找到座位后落座，张丽对迭茂发出了甜甜的微笑。

吃饭时间到了，迭茂去打来开水，给张丽泡了一碗面，热情地说："吃吧。"张丽看着这个高大热情的男孩，心里涌起一股暖流。

吃完泡面，两人开始聊天，天南地北地神聊。两人都是技校生，年龄相仿，志趣相投，有太多值得探讨的话题。

行程走了一半，他们已如胶似漆了。

迭茂家到了，该下车了，看着柔弱的张丽，迭茂心里不忍，说："要不我送你回去吧？"面对别离，张丽心里正感到伤感，听迭茂这样说，扑哧笑了出来。

两人甜蜜地又相处了几个小时，车到站了，迭茂帮张丽提着行李，两人下了车，外面，正飘着一场鹅毛大雪。迭茂把自己的夹克衫脱下，给张丽披上，说："你自个回家吧，我就送你到这里了。"

"要不，你陪我一起回去？"张丽咬了咬牙，不舍地说。

"不行，我对父母说好了回去的，想必他们都等急了。我会给你写信的。"迭茂说完，看着四周飘飘洒洒的雪花，一股幸福的滋味涌上心头。

于是，在以后漫长的岁月里，迭茂记住了那场雪，那是1992年的一场雪。

一年后，迭茂技校毕业了，分配在学校附近的一家工厂上班。这时，张丽也毕业了，却放弃了家乡的工作，到厦门找了一份报关的工作。

两人的恋爱关系依然持续着，只要有时间，两人都会聚在一起。三年后的一天，迭茂随张丽回到她江西老家，向她母亲提亲。

迭茂还没坐定，张丽母亲气冲冲地跑进厨房，随即，手里拿着一把菜刀，满脸怒气地站在迭茂面前，挥舞着手里的菜刀，说，你娶我女儿，你娶得起吗？你一个工人，拿什么资格爱我的女儿？我劝你离我女儿远一点，不要再让我看到你们在一起。张丽的母亲挥舞着菜刀就要向迭茂砍过来。迭茂冷静地坐在椅子上，不吭一声。

用我的温柔为你疗伤

最后，还是在邻居的帮助下他才从张丽家退了出来。

迭茂回到单位，没多久，张丽到单位找迭茂，两人住到一起。这天，一位工友跑来对迭茂说，张丽母亲带了一车人杀过来了，迭茂听了，马上召集四五十个工友，手里拿着棍子，准备大战一场。后来，工厂领导赶到，才避免了一场血腥搏杀。

张丽依然回到厦门上班，过了一段时间，张丽给迭茂写了一封信，说："你也出来吧，把工作辞了，我们一起在这里打拼。"迭茂听了，犹豫不决，这份工作，可是个铁饭碗。

正在迭茂做思想斗争的时候，张丽提出分手。张丽说："既然我们没办法走到一起，就分手吧。"迭茂痛不欲生，想起1992年的那场雪，洁白的雪花飘洒着，纯洁无瑕，有如他们纯洁的爱情，没想到，在七年后的这天，他们却面临分手。

两人分手后，都不再联系。后来，迭茂听一位朋友说，张丽跟了一位大款。

分手后，迭茂想起张丽母亲的话，始终郁郁寡欢。有一段时间，他在心里恨张丽，如果不是张丽受其母亲影响嫌贫爱富，又怎么会去做别人的小三，迭茂把这股怨恨化成动力，努力工作。

十五年后，迭茂在事业上取得了成功。这时的迭茂，也结了婚并有了儿子。结婚后，迭茂把他和张丽的来往信件全部化为灰烬，迭茂不想给老婆造成伤害。虽然偶尔，他还会想起1992年的那场雪，虽然心里依旧有甜蜜的感觉。

直到有一天，张丽忽然给迭茂打电话，说要向迭茂借点钱，迭茂记忆的闸门重新被打开，回忆起与张丽谈恋爱的点点滴滴。到了这时，迭茂才知道，张丽已经离开那个大款，自己带着一个孩子独自生活。

迭茂到厦门出差时给张丽打了电话，说要请张丽吃饭，顺便把钱拿给她。末了，迭茂说："我去接你！"

约定的地点，张丽看到迭茂从一辆奥迪 TT 车上下来。迭茂眼睛直盯着张丽那张沧桑的脸，揪心地说："你看看你今天过的什么日子，门当户对！今天的我达到你门当户对的条件了吧。"

张丽的泪水顺着脸颊流了下来，张丽的头脑里现出了 1992 年的那场雪。

让你爱上我

喜欢一个人，不必悄悄地埋藏于心里，甚至于，害怕让对方知道。大着胆子，和对方说声"我爱你"，让对方爱上你吧！

斯雨是在一个阳光明媚的日子里遇见王强的。那天，她禁不住大学同学莉莉的热情邀请，趁着十一黄金周的假期从 A 城赶到 B 城到莉莉家玩。在莉莉家，她看到了一个高大帅气的男孩，那男孩就是王强，是莉莉哥哥的同学，碰巧到莉莉家串门。

斯雨的眼球一下子就被王强吸引住了，自从大学毕业工作以后，虽然追她的男孩子不计其数，可斯雨却找不到那种让她怦然心动的感觉。斯雨一直过着快快乐乐单身女孩的生活。

用我的温柔为你疗伤

斯雨感到自己对王强真是一见钟情。那天，他们一起吃了晚饭，饭桌上，王强那彬彬有礼的举手投足，幽默风趣的谈吐更加深了斯雨对他的好感。斯雨有了一种"众里寻他千百度，蓦然回首，那人却在灯火阑珊处"的收获。斯雨几次张了张口想要王强的电话号码，出于女孩子的羞涩，她又不好意思开口，没想到王强主动拿给斯雨一张名片，还笑着对斯雨说："有空多联系。"斯雨的心里甜滋滋的。

假期很快过去了，斯雨告别了莉莉又回到了 A 城。她迫不及待地给王强发了短信，是呀，自己对王强的了解可以说少之又少，说不定人家已经娶妻生子或者已经有了女朋友。所以，她把短信写得很委婉："有一份温馨属于你，想送给你，不知你能否接受？"算是投石问路吧。短信发出以后，她度日如年地等待王强给她的回复。

没几天，王强在短信中对斯雨说："我已经有了女朋友，只不过不在同一座城市，感情也是靠信任维系，看到别的恋人成双成对卿卿我我，我也只能独对月影遥寄相思。我会好好珍惜你和我之间的这份友谊的。"王强的短信充满了真诚。

泪无声地落了下来，斯雨有了失恋般的痛楚。几天过去了，斯雨变得很憔悴，整天抑郁寡欢，也许有一种爱只能埋藏在心里，斯雨默默地想。

为了忘却曾经的记忆，斯雨拼命地工作，成了公司有名的工作狂，她在事业上取得了很好的成绩，得到了公司老总的器重。

不知不觉中，两年的时间过去了。有一天，斯雨在看手机短信的时候，再次看到了当时王强写给她的回复。这个短信，又把斯雨带回了往日的记忆中，触动了她的心弦。这两年，不知王强过得好不好。斯雨有了给王强发短信的冲动，她专注地给王强写短信，款款深情的文字诉说着对王强的关切之情。

王强失恋了。在给斯雨的短信回复中字里行间透露出一种很深的忧郁与低迷。王强的事业受到了挫折，因为此，他的女朋友提出分手。王强说："在这越来越现实的社会里，纯洁的感情神圣的爱情也要沾上铜臭的气味。"王强整日以酒精麻醉神经，他感到万念俱灰。

斯雨看到王强的短信，心一阵阵揪痛，这是她曾经深深爱着的男人。斯雨变得魂不守舍茶饭不思，她知道，自己内心深处其实还深深爱着王强，只是不敢去触摸她那脆弱的内心世界。以前因为王强已有女朋友，她不想给王强增添烦恼，两年的时间过去了，其实对他的爱依然没变。

斯雨重新振作起来，她决定向王强射出丘比特之箭，用自己的爱来抚慰王强受伤的心，让王强重新站起来，鼓起他对生活的勇气和信心。斯雨每天都给王强发一个短信，大胆表露对王强的爱。王强也给斯雨回复了，但短信中谈的却是他的工作和生活，从没向斯雨表达过什么。斯雨很痛苦，难道王强对自己没一点好感吗？那也要明明白白说清楚呀，好让她死了心。斯雨终于忍不住给王强打了电话，她只想得到一个答案，她问王强："你到底爱不爱我？"

"我很喜欢你。"电话那头，王强真诚地说。斯雨的心怦怦直跳，心里不禁一阵狂喜。"因为你是我的小妹。"王强俏皮地说。斯雨被王强气晕了，又拿他没办法。

在斯雨给王强发了几十个短信后仍得不到王强的爱以后，斯雨

用我的温柔为你疗伤

想了许久许久。一天晚上，她看到在一旁看书的室友艺婷，她眉头一皱计上心来，叫住了艺婷，如此这般地交代了一番。

艺婷听了斯雨的话，咯咯地边走边笑到门口去打电话。过了几分钟，她满脸堆笑地走了进来。

"怎么样？"斯雨紧张地盯着艺婷问道。

"你的白马王子叫你赶快给他打电话。"艺婷笑得在床上打滚，笑够了才不忘交代斯雨。

原来，艺婷照斯雨的吩咐给王强打了电话，她用很焦急的语气对王强说："是王先生吗？你认识一个叫斯雨的女孩子吗？她已经好几天没去上班了，也不吃东西，就躲在宿舍里哭，还在骂一个叫王强的。唉，真不知她这是怎么了，急死人了。我偷偷翻了她的通讯录才给你打的这个电话，你说怎么办呀？"艺婷边说边笑，笑得差不多了，才一本正经地对斯雨说："王强叫你一定给他打个电话，你还不快去，听他的语气可是很着急呀"。斯雨恶作剧般地说："就是不理他，看他会不会急"。她强抑住给王强打电话的念头，关了手机埋头睡着了。

第二天上午，斯雨像往常一样在公司上班，手机响了，她一看"王强来电"。她故意让它响了一阵子才接起电话，里面传来王强焦急的声音："雨，你怎么样了？"斯雨的眼泪在眼眶里打转，这么久以来，她终于听到王强一句关心的话，而以前的王强对她总是冷若冰霜。她平静地说了句"很好"就再也说不下去了。"雨，你知道我有多担心你吗？昨晚，我接过你的室友给我打的电话以后，心里非常焦急，我不停地拨打你的手机，可是手机却关机了。大半夜的，我在外面的街道上烦躁地走着，我的思想都快崩溃了。这样下去，我非疯了不可，所以，我决定明天就去看你。"

第二天，王强果真来了，在王强走下列车的那一刻，斯雨激动地向王强奔了过去。两年不见，王强变得又黑又瘦，斯雨看到王强的一双眼睛布满了血丝，她心痛地对王强说："昨晚一夜没睡，对吗？""还不是因为你，你啊真是让我欢喜让我忧"。王强爱怜地说。

"谁叫你不理我，就是要让你受点罪"。斯雨赌气地说。

"雨，其实不是我不理你，像你这么好的女孩我上哪找去。可你也知道，我事业受到了很大挫折，我怕不能带给你幸福，我，我所以我不敢接受你的爱"，王强动情地说。

"我不在乎，我只希望你能告诉我，到底爱不爱我就够了。"斯雨有点伤感地说。

没等斯雨把话说完，王强就一把搂住她，然后调皮地说："那就让我告诉你，我到底爱不爱你吧。"说完，他的嘴唇已经迫不及待地贴了上来……

谁是谁的归宿

她以为他是她的归宿，未曾想，他却成了另一个她的归宿。问世间情为何物，直叫人生死相许。那么，珍惜您所拥有的，所能把握的情感吧。

用我的温柔为你疗伤

在宿舍里，庄小雅和李亚兰谈论最多的就是找白马王子的事。对庄小雅来说，家乡日出而作日落而归的田园生活让她早早地产生了恐惧心理。孩提时代，庄小雅吃了很多苦，父母辛辛苦苦省吃俭用把她培养出来，打心眼里也希望庄小雅有飞黄腾达的一天。俗话说：女人最好的职业就是找到一位好老公。庄小雅一直信奉这句话，并把它作为座右铭贴在书桌上。她曾不止一次对李亚兰说："我以后找的男朋友，首先要又帅又酷，有一套漂亮的房子，然后有一部小车，再然后呢有很多钱，当然，还必须要有安全感。"她说这话的时候，就听到李亚兰在键盘上乒乒乓乓地打字。庄小雅话音刚落，李亚兰就揶揄道："小雅，我按照你的条件帮你百度了一下，告诉你吧，百度出来的答案是奥特曼在银行里下棋。"

庄小雅听了，陪着李亚兰傻笑了一番。最后，她不甘心地说："不管怎样，我一定要按照自己的标准去找老公。"说完，她满足地拿起《爱情365天》目不转睛地看了起来。

说到做到，从这以后，庄小雅想方设法为自己创造与"富二代"接触的机会。只要听说身边朋友的朋友有房有车的，她都想着法子接触。可是，她平平淡淡的面貌丝毫引不起别人的注意。一段时间过去了，她仍是两手空空一无所获。

这天，庄小雅如往常一样，无精打采地到公司上班，一走进办公室，就看到桌上放着一束鲜花。庄小雅感到很吃惊，她环顾四周，办公室的其他同事都还没来，只有对面的同事陈浩在忙着什么。庄小雅拿着鲜花上的纸片轻声读了起来："小雅，情人节快乐！在这特别的日子，也想告诉你'我喜欢你'。"后面的落款是：陈浩。庄小雅的脸红了起来。他曾听说陈浩的老家也是在农村，所以与陈浩共事两年多，她对陈浩没丝毫好感。她看了看周围，周围静悄悄的，于是，她索性拿起笔，刷刷地在纸上写着："抱歉，你不是我心目中的白马王子。"然后连着鲜花一股脑向陈浩扔过去。接着，她故意板着脸埋头做事。

自此以后，陈浩看到庄小雅总是故意回避。刚开始，庄小雅的心里有一丝愧疚，可是，一想到自己心目中白马王子的条件，她就觉得自己这样做是对的。

这天，下班后的庄小雅来到中山路一条街，一边悠闲地走路一边随意地逛着。她的眼光深处，无意中瞥到店里的一个手提包，款式新颖，庄小雅走了进去，随手拿着包端详着，一副爱不释手的样子。营业员趁机走了过来，热情地介绍道："这位小姐，这个包很配您的肤色，打完折三百八十八，买一个吧？"庄小雅听了，识趣地放下包，说："我先看看，今天钱没带够，改天吧。"其实这只是她的一个托词，庄小雅一个月工资两千多，还要租房和吃饭，每个月又要给家里寄钱，说实话，她舍不得买这么贵的包。庄小雅边说边往门口走去，背后听到营业员的嘀咕："看她的样子就是买不起。"庄小雅的脸红到了耳根，加快脚步往回赶，同时更坚定了找个有钱老公的念头。

回到宿舍，庄小雅愤愤不平地向李亚兰说出了自己的遭遇，李亚兰替庄小雅骂了营业员。说话间，李亚兰说："小雅，你这是在舍近求远啊，你看我们对门那个男的，就是富二代啊，出门开小车，一身是名牌，找个机会跟人家拉呱拉呱吧。"李亚兰一番话惊醒梦中人，庄小雅这才想起几次跟对门打照面，人家那一副风光的样子。

用我的温柔为你疗伤

　　碰巧的是，当天晚上停电了。庄小雅终于找到一个机会，敲了对门的门，她想向对门借打火机点蜡烛，门开了，出来一个高大英俊的男人，果然是一身名牌。庄小雅说了自己的来意后，对方热情地邀请庄小雅进去坐，他里面有充电的小电灯。两人聊了一阵，庄小雅知道了对方的名字"张海飞"。一番闲聊，庄小雅知道张海飞的生意做得很大，几个条件都符合她择偶的标准，于是，有意深交下去。她给张海飞留了自己的电话号码，并约好了以后一起去海边游泳。

　　正值酷暑，两人时常相约着到海边游泳，一来二去，果然碰撞出了爱情的火花。这天，张海飞拿给庄小雅一枚钻石戒指，说："我现在正式向你求婚，你答应吗？"庄小雅看着钻石戒指，知道这枚戒指价格不菲，而求婚正是她所期盼的，于是，她当场答应了张海飞。回家后，她在装戒指的盒子里找到一张发票，看到了这枚戒指的价格"6万元人民币"。庄小雅心花怒放，坚信自己找到了"金龟婿。"

　　几个月后，他们水到渠成地举行了婚礼，那个排场之大，让人咋舌。此时的李亚兰成了伴娘，她附在庄小雅耳边小声说："你终于如愿找到一个有钱的老公了。"庄小雅微笑不已，感叹幸福真是来得太快。

　　一天，一阵清脆的门铃打破了黎明时的宁静。庄小雅打开门，看到门口站着几个警察，到了这时，庄小雅才知道，张海飞如此有钱，原来是做了假证明套取了十几家银行的高额信用卡，而且银行已经几次催款，张海飞却无力偿还，以致欠款金额达到了八十多万……

　　庄小雅呆呆地瘫在沙发上，看到几个警察带走了老公，她好像做了一场梦。正在此时，李亚兰打电话来，兴奋地告诉庄小雅，她和庄小雅的同事陈浩结婚了，没想到陈浩家底很好，是个有钱的富二代。李雅兰说完，对庄小雅感叹道："不是我不明白，的确是这世界变化太快，没想到陈浩居然深藏不露。"

用我的温柔为你疗伤

两个人的心心相印，不仅仅在于朝夕相处，更在于快乐着你的快乐，痛苦着你的痛苦。经历过情感历程的人啊，都相信，可以用我的温柔为你疗伤。

暑热的夜晚，灯火阑珊的街道上，人群熙熙攘攘，空气中夹杂一股呛人憋闷的柏油气息。

他与她携手走在这夹杂着汗臭的人群里。暑假了，她得以空闲，领了这个月的工资就来到他身边。一个多月了，他空有一身好技术，却找不到一份工作。在朋友那住久了，连他都看出女主人不欢迎的眼神，而随身带来的一千多元早已花光。

他变得很急躁。

"叫你不要来找我的，怎么又来了？"夹杂着烦躁不安的口气。

她愣了一下，委屈的泪水咽进肚里。她知道，对于一直想出人头地的他，失业对他意味着什么。

她不敢惹他不快，嗫嚅着说："我捉摸你没钱了，把这个月的

用我的温柔为你疗伤

工资送来给你。"

三年来的风风雨雨，感情的种子早已在他们各自的心里生根发芽，他们早已是一对生死与共的恋人。

一丝柔情从他眼里闪现出来，继而又黯淡下去，只在眼角蓄了两颗闪闪发亮的珍珠。

"我越来越感觉，真的对不起你。"

"别再说了。"她伸出手，紧紧捂住他的嘴。

他们漫无目的地走着，这飘忽不定的云彩，哪里了解他们的心思。

不远的石阶上，坐着一个衣衫褴褛的乞丐，乞丐裤管空空的，无奈悲凉的眼神目视前方。乞丐前面，有一个五六岁的男孩，伸出的手里捧着一只碗，不说一句话，只把手伸到过往行人的面前乞讨，有几个向碗里丢了东西，也有的目不斜视地走了过去。

他们也走到这小男孩身旁，男孩依旧把碗高高举起，一双哀怨的眼神发出求助的光芒。

"滚开。"他几乎咆哮着，恼怒地瞪着这小男孩。

那男孩吓得把手缩了回去，睁大一双惶恐的眼神。

她也同时惊异地一阵战栗，目光怯怯地乞求似的看了他一眼。

等他平静下来，她依偎在他身旁，喃喃着："好长时间没去玩了，明天陪我到植物园逛逛，好吗？"

他"嗯"了一声。

幽静清凉的林荫道上，丝丝凉风沁人心鼻，鸟儿在林里发出欢快的啁啾声，广袤的天空，一望无际。多么平静祥和的一幅景象。

他屏住了呼吸，贪婪汲取这芬芳的气息。

想起来了，三年前的今天，她千里迢迢从另一座城市赶来与他相会，他们一起到这里游玩，大自然的景色令他原本畅快的心情为之一振。搂着女孩细小的腰，共同倾听这呢喃的细语，感受这难得的爱情滋润。

也是在这林荫道上，也是这地方，一个手缠绷带的老妇人在这伤心哭泣。见他们走近，"扑通"跪在地上，泪如雨下。

她有点害怕，抓紧了他的手，要他快点离开这里。

走了几步，他却站着不动了，用心聆听这如泣如诉的哭声，柔声对他说："小傻瓜，你听这哭声，也许人家真的有困难。"然后拉住她的手走了回去。他从皮夹里掏出一张醒目的钞票，放在老妇人的身边，老妇人擦了擦眼泪，不停地向他们说谢谢。

"小姐，你好幸福啊！"走远了，她还听见老妇人的声音。

她更加紧紧握住他的手。

三年了，时间过得真快，以为日子会那样平静过下去，没想这几年……

打开随身听，耳边传来的是陈明优美的歌声："抚平你心中的点点忧伤，一路为你擦亮满天星光。如果你在黑夜迷失方向，让爱为你导航。"看得出，优美动人的歌声带走了他的忧愁和伤感，跟着节拍，他也轻轻地哼唱起来。

"不要失望，好吗？"她柔声安慰。"说实话，我对自己已经没信心了。"他吐出了心中的不快。

"想想你的过去，不是也曾经辉煌，相信你的能力，好吗？"她声音如歌，依然安慰着。

用我的温柔为你疗伤

"不要灰心，我会永远支持你的。"她还是那么温柔。

"嗯"他下定决心，点了点头。

三年后。

幽静清凉的林荫道上，丝丝凉风沁人心鼻。鸟儿在林里发出欢快的啁啾声，广袤的天空，一望无际。多么平静祥和的一幅景象。

他屏住了呼吸，贪婪呼吸这芬芳的气息。

她依偎在他的怀里，脸上露出了甜蜜的笑容。

"谢谢你，在我最困难的时候没有离开我。"他含情脉脉地看着她。

她没有回答，只是笑了笑。

"要不是你陪在我身边，抚平我心中的创伤，就没有今天的我。"他又喃喃着。

是啊，自那以后，他重新鼓起生活的勇气，不久，就找到了一份做销售的工作。带着她的温柔，他有了常人没有的坚强毅力，风里雨里，忍受了种种困难挫折，开拓了自己广阔的市场。三年时间过去，他已拥有了属于自己的公司。

"傻瓜，既然选择了你，就不会在那时离开你，我会陪你一起走过，直至天荒地老。"她娇嗔道。

他紧紧握住她的手，是那么强劲有力。

第四辑　最是那一笑的温柔

两个人的爱情中，《我的森女女友》让你见识到了不一样的女孩；那《泥巴里的爱情》，却带给人满满的感动；而《一场没有主角的恋爱》，又让人感觉到失落了些。只要两颗心靠近，那么，哪怕是《自行车上的爱情》，仍能让对方体验到《最是那一笑的温柔》。

美人嫁夫

情感路上，却也并非一帆风顺，例如《美人嫁夫》里的女主角，她的爱情之路却也是充满坎坷，那么，就让我们一起祝福美人早日找到如意郎君吧。

要说我们家头号大美人，我们这几个大妈级别的当然马上就被逐出队伍，而年轻有朝气的侄女获此殊荣当之无愧。侄女在高考那年，离本二线还差几分之遥，本来大哥说本三没什么好学校，不要读大学

用我的温柔为你疗伤

算了，直接到社会上工作几年找个人嫁就是了。美人听了，眼珠一瞪，对大哥说："女孩子上大学是镀金，就指望日后找个好老公。叫我不要读大学，你养我一辈子啊？"这话说得大哥好像吃东西被噎住了喉咙。

于是，为了美人日后能找到一个如意郎君，大哥心痛地以一学期几万元学费送美人进了大学。美人进大学后，就被选为学校校花，学校里的男生排着队轮流请美人看电影，估计男生资源太丰富了，致使美人看花了眼，直到毕业的时候也没把男朋友的事确定下来，形单影只地毕业了。茶余饭后，我们对美人表示善意的嘲笑，美人撇了撇嘴，不在乎地说："要找钻石王老五，还非得毕业了出来再找不可，学校里的那些奶油小生，虽然有的家境不错，可没一点男人的魅力，不过瘾。"美人这话说完以后，还真有开着奔驰宝马的钻石王老五跟美人约会，没想到美人赴约了几次后，就失望地对我说："姑姑呀，那些人都好花心，要我说呀，要找就找一个姑丈那样的，憨厚帅气又可爱，对家庭又负责任。"说得我心里一阵一阵甜，没想到，无意中我老公还成了美人找对象的榜样。于是，我当即对美人说找对象看缘分，当初我和你姑丈谈恋爱的时候，很多人也不看好，同甘共苦的爱情最长久。不知道是美人受了我的点播脑袋开了窍，还是忽然转变了择偶标准，总之，从这以后，美人再不把钻石王老五的话挂在嘴边，反而说她单位有个同事看上她了，不过对方家底一般，美人正犹豫要不要和他来往。

我正想跟美人再上几堂品德教育课，这天，美人下班回来愁眉苦脸对我说："姑姑，我被人甩了。"我正想问个究竟，美人委屈地说："哼，甩了就甩了吧，姑奶奶还没嫌弃你呢，你倒好，还嫌姑奶奶脾气不好。"美人说完，往嘴巴里狠狠塞进一个刚出锅的饺子，蹬蹬蹬的进房间了。

有道是"岁月如飞刀，刀刀催人老"。不知不觉中，美人居然到了27岁。生日那天，我开始发愁了，至今美人仍找不到白马王子，再这样下去，鲜花都枯萎了，于是，我对美人说别再七挑八挑了，差不多就可以把自己嫁出去了。美人看了看我，说："姑姑，你放心，我绝不辜负您的期望，以后啊，我的择偶标准就是，只要对我有意的，只要对方是公的，我就嫁给他。"

接下来的一段时间，美人似乎失意了许多，有如被霜打了的茄子，走路都无精打采的。忽然有一天，美人又对我眉开眼笑了，说她同学介绍了一个男孩子给她，晚上就去赴约。

晚上，美人打扮得花枝招展地出去赴约了，眼见时间越来越迟，我伸长脖子往窗外眺望，寻找我们美人的身影。只要我们美人一出现在我的视线里，只要看她的表情，我就知道美人此次出去收获怎么样了。我在窗户边站了许久，终于看到我们家美人手里提着包，垂头丧气地回来了，美人回来后，我急忙给她拿上拖鞋，并小心翼翼地询问情况。没想到，美人哇一声哭了，说："姑姑，嫁个人怎么这么难呀？"我急忙问美人，那男孩是不是对她没意思，美人说男孩子简直对她一见钟情。这不就得了，我对美人说。"可，可是人家说，他家里穷，父母为了送他上大学，家里已经欠了一屁股债，那个男孩子说了，父母辛辛苦苦一辈子，都没过上一天好日子，所以，为了让父母不再受苦，人家找对象的标准是要找一个白富美的。"美人说完，眼圈都红了。唉，看来，美人嫁夫的路还长着呢……

泥巴里的爱情

惺惺相惜之间的爱情，体现在于平时的细微之处，例如那《泥巴里的爱情》，虽然只是一个小小的举动，却最终赢回了芳心。

她大学毕业后，在报关行找了份工作，这里离原来住的地方远，于是她考虑搬家。他和她在同个办公室，这时，他开口了，说："要不跟我一起合租吧，两房一厅的房子，空荡荡的，你来了我也有个伴。"她想了想，答应了。

住到一起以后，她的生活果然丰富多彩。两人不时在厨房忙着，烧着可口的饭菜。其实她什么都不会，只会站边上看他勤快地翻炒，不时打打下手。碰到节假日，相约到外面游玩。

她忽然喜欢上了这样平淡的日子，心里对他有了一丝丝的爱恋。那天，他们在广场上打羽毛球，一阵风吹来，沙子进了她的眼睛，迷糊了她的双眼，他立刻放下球拍，轻轻帮她擦拭吹拂。终于，她的眼睛可以睁开了，一眼却看到他如炬的眼神火辣辣地看着她，现出了温柔。她慌乱地躲开他的眼神，心噗噗直跳。他却顺势把她搂进怀里，耳边现出他呢喃的细语："我喜欢你，嫁给我好吗？"她害羞地夺路而去，不小心踩进了花圃里，花圃里的花草刚接受自来水的洗礼，娇艳夺目，她拔起一只脚，却发现脚跟粘了很多泥巴，细细密密的。

跑回宿舍以后，她的手机响了，是她母亲从老家打来的，说她年纪不小了，帮她在家介绍了对象，对方条件很好，有房有车，要她马上回去。她沉重地挂断电话。

一直犹豫着没有动身，从小到大，她知道，母亲的话就是命令，她只有执行的份。她知道，自己和他在一起的日子不多了。她变得郁郁寡欢。

果真，母亲没盼回自己的女儿，亲自找上门来了，她在母亲眼神的逼迫下，默默收拾着行李。到阳台收拾行李时，她看到他蹲在地上，轻轻地擦拭什么。她眼一瞥，看到是自己的那双鞋，那天踩花圃去了，粘了很多泥巴，她就把它扔在一边。她静静地看着他，看他手上拿着块布，在脸盆里粘了水，小心擦拭着，那么轻柔，那么专注。她看着看着，泪忽然落了下来，那一刻，她的内心忽然涌起一股莫名的感动，她忽然感到，自己的幸福就在眼前，他就是她爱的归宿。她一转身，走到客厅，执着地对母亲说："妈，我不能跟您回去，我已经找到自己的幸福了。"

说完这些，她忽然有所醒悟，原来爱，并不一定要轰轰烈烈，也许，一个小小的举动，就足以让你下定决心，要一心一意跟他走，就好比这泥巴里的爱情。

我的森女女友

怪异的女友哈，自然有着怪异的举动。这社会的新生事物真是层出不穷，我欣赏她，例如欣赏一件艺术品，从她身上散发出来清

用我的温柔为你疗伤

新的自然的气息，是那么的让人喜欢。

当我扛着相机独自走在植物园里一条铺有鹅卵石小道上的时候，看到旁边的草地上，站着一位婀娜多姿的女孩，一袭如孔雀羽毛艳丽般的落地长裙，一头飘逸的长发，在青青绿草的陪衬下，给我一股舒适愉悦的感觉。女孩手里拿着相机，正专注对着池塘里的天鹅拍摄。

我不禁驻足，因为担心自己弄出声响惊扰了女孩，我索性让自己屏住呼吸。过了一会，女孩回过头来，对我莞尔一笑，我趁机无话找话地和女孩聊了起来。

要分别的时候，我问女孩的名字，女孩落落大方地说："以后叫我森森好了。"

"还有叫这样名字的，莫非你是从森林出来的？"我开玩笑地说。

"哈哈，太对了。"女孩爽朗地开怀大笑，女孩的笑声让我对她刮目相看。接触了那么多女孩，看到的笑容不是含蓄就是简约，从没看到一个女孩子如此毫无遮拦的笑容。我被女孩豪爽的性格感染。

走在回家的路上，接到朋友小叶打来的电话，说他的一位朋友要加入我们的"摄友俱乐部"。"摄友俱乐部"是由我发起，自发组织的一个团体，里面的成员都崇尚大自然，每逢节假日，我们会相约着到外面爬山，拍摄自然景观。如今，摄友俱乐部已有十几名成员了。

我当即表示答应。正想跟小叶说再见，小叶说："你过来吧，我朋友邀请我们到她家玩，去吧，介绍你认识美女。"

闲着也是闲着，我马上赶到我们会面的地点。远远地，我看到一个女孩，穿着一身孔雀图案的衣服站在路边。这不是森森吗？我顿时兴奋起来，边跑过去边呼叫着："森森，你好。"

小叶张大了嘴巴看了看我，又看了看森森。我对小叶解释我们认识的经过。一行人走在林荫道上。

过了一会，到森森租住的房子了。打开房门，我不觉眼睛一亮，怀疑自己是不是走进绿色森林，房间草绿色的情调，散发出一种森林的气息和味道，窗帘是有着叶子图案的绿色，沙发是绿色的，餐桌是绿色的，就连餐桌上，也摆着一盆绿色植物，茶几上，摆着红色草莓、紫色葡萄、黄色香蕉、绿色奇异果等等。还没等我反应过来，森森把我们带到阳台看她的花花草草，三角梅、茉莉花、蝴蝶兰、吊兰等等，整整齐齐地排列着。我们边看边赞叹着，森森说："可惜阳台太小了，要是有那种小院子就好了，可以种很多花草。"我不禁脱口而出，说："到我老家吧，我老家山清水秀，空气清新，门口就是一个小园子，你怎么种都行。"森森听了，笑了笑，说："真的吗？有机会去你家看看。"

这之后，我和森森经常联系。原本，我有吸烟喝酒的习惯，可森森极力抗议，并告诫我，再吸烟喝酒的话，不和我在一起了。为了和森森在一起，我有意识地减少吸烟和喝酒的次数，渐渐的，竟成功地戒掉了烟和酒。

一来二往，我和森森谈恋爱了。眼看旁边的朋友房子有了，车子有了，可我仍是一无所有。每每想到这里，我就不敢跟森森动真情，

用我的温柔为你疗伤

怕她知道我的底细后，跟我拜拜了。庆幸的是，森森真是一个纯洁的女孩，从不在我面前谈论关于车子房子票子的一些话题。

五一劳动节到了，森森对我说，要到我老家看看。想起家里那个破落的瓦房，那个有着牛大便的村庄，我找了很多借口，不想让森森过早接触到这些现实问题。森森却执意要去，没办法，五一这天，我带着森森搭上了长途客车。

客车在镇上停下了，到我家要走一段土路。在经过一个古老的石拱桥的时候森森高兴得手舞足蹈，说没见过这玩意。潺潺溪水在桥下哗啦啦地流着，四周是绿色的菜园以及郁郁葱葱的香蕉园，森森这边摘一朵野花，那边捡起一块鹅卵石扔进水里，看着飞溅的水花，森森高兴得眉飞色舞。

到家了，森森对我家的一切东西都充满好奇，大至装有水泵的院子，小至木头做的脸盆，森森就像发现新大陆似的，拿着手机拍个不停，把我父母高兴得合不拢嘴。

入夜，森森香甜地进入梦乡。我悄悄给小叶打了电话，说了森森的一连串奇怪的举动。小叶说："这没什么啊，森森本身就是'森女'一族，她清纯可爱，崇尚大自然，不受世俗的干扰，这就是'森女'的生活方式啊。你小子运气好啊，我跟她相处几年了都没得到她的青睐，好好珍惜吧。"

蕾丝内衣

哪怕腼腆憨厚的男人，内心其实也有柔软浪漫的一面，那蕾丝内衣，写满了男人浓浓的爱意。夫妻之间的相知相守，不正在于细微处见真情吗？

如平常一样，一大早，我依然在店里忙碌着。

一家不大的店面，挂满了女人的内衣内裤，温馨型的、浪漫型的、小巧型的、星星点点，把这间小屋装扮得分外妖娆。

我经营的是一家品牌内衣专卖。一件内衣，打完折也要三百多。所以，来这里光顾的顾客，大部分是打扮入时，气质高雅的白领。

"欢迎光临"感应门铃清脆地响了起来，我知道，有顾客上门来了。一个男人，走进了我的小店，看到我，他的脸"腾"地红了起来。开店一年多，这是我第一次迎来一位男顾客。职业的敏感告诉我，对方想买内衣送给他的女友或妻子。

"您好，请问您是想买内衣送给您的女朋友吗？"依我的猜测，很少有男士买内衣送给老婆的，只有恋人，才有这股浪漫情怀。

"是，是送给我爱人的。"男人说完，不好意思地把眼神移到别处。

"你知道她内衣的尺码吗？"只有知道了对方的号码，我才有办法帮她挑选合适的内衣。

"我，我不知道。"男人结结巴巴地说。

用我的温柔为你疗伤

"要不这样吧，什么时候您带您爱人一起来买，好吗？"我说。

"不瞒你说，三八节快到了，我想给她一份意外惊喜。所以，还是先不要让她知道的好。"男人抬起头，对我笑了笑，说。

我被他的真诚打动了。正想着法子，刚好门外走过一个身材丰满的女人，男人看了看那女人，说："我老婆的身材跟她差不多。"

我笑了，说："这就好办了，像她那样的身材，要穿 C 罩杯的内衣。"说完，我向男人介绍了几款这个号码的内衣，男人看了看，选了一套紫色蕾丝花边的。

我把内衣装了起来，在计算器上按着数字。打完八折，这套内衣是 388 元。

男人掏了掏口袋，数了数，不好意思地说："钱不够，我这里才 350 元。这样吧，我下午再来买。"

我笑了笑，说："也好。真是不好意思，这种品牌内衣是比较贵，而且折数也是统一的，就没办法再给您优惠了。"

"我知道的。我爱人一直说很想买一套这样的内衣，一直买不下手。今年，她遭遇裁员，以后，她更是不舍得买了，她喜欢这种品牌的内衣，辛辛苦苦几十年，我希望在她的节日到来之际，送她一份礼物，也希望她能恢复自信，走出困境。"男人说。

听了男人的话，我的眼角泪光闪烁。我把内衣递给男人，说："就算 350 元吧，您爱人真幸福，有您这样的好丈夫。"

男人道了谢，提着内衣走了出去。外面，一缕阳光直射进来，铺洒在男人的身上。

彩云之南

爱情总是美好的，虽然每个人恋爱的经过不同，但爱情的甜蜜却是一样的。那优美的《彩云之南》唱出了爱情的甜蜜，也唱出了他对她的思念。

男孩和同事到云南旅游。晚上，男孩走了出来，外面的一条街，霓虹灯闪烁着光芒。

目光深处，是一家茶馆，古朴的门楣上，贴着一副工整的对联。男孩驻足，小声朗读道："一壶两碗四杯茶，你饮他品共思源。"再看横批："一切随缘。"男孩看了对联，不禁笑了。男孩没有喝茶的嗜好，但作为从北方过来的游客，男孩很想买些南方的特产回去，看来这茶店可以满足他的愿望。男孩走了进去，看到茶店周围堆放着很多茶叶，琳琅满目。

男孩定睛一看，茶店的老板居然是一位二十来岁的女孩，女孩身穿旗袍，举止典雅得体。男孩对女孩说明来意，要女孩推荐一款赠人的上等佳品，女孩热情地说："我当然向您推荐云南普洱茶了，它呈栗红色，味道甘醇，有很好的保健作用。"

女孩说完，随手在茶几上烧了开水，然后用芊芊玉手烫好茶杯，在茶杯中置入茶叶，端起沸腾的开水冲泡，女孩娴熟地泡着茶，加盖稍微闷了一会，然后将茶汤倒入茶杯中。

泡好茶，女孩做了个"请"的手势，示意男孩喝茶。男孩端起杯子，轻轻地喝了一口，仔细品味着。这之前，男孩也喝过一些茶，但全没有普洱茶的甘醇。

他们就这样边喝边聊，待慢慢熟悉之后，男孩好奇地问道："你是哪里人，看你对茶还挺有研究的。"

"我是土生土长的云南人，这是我父亲开的茶叶店，由我管理。对了，你这是第一次来云南吗？"女孩说。

"是啊。"男孩高兴地说。

男孩之所以如此高兴，是因为他早就向往云南如画的景色了，早就想到云南痛快一游，却在今天才实现这个愿望。而在这个异乡的土地上，他居然碰到了这样一位美丽的女孩。

"看到云南这么美丽的景色，我真想多待几天，可惜这次行程紧，马上要回去了，单位里还有事。"男孩说。

男孩说完，跟女孩买了几包茶叶，然后和女孩互相交换了电话号码，就走了。

女孩送男孩走出店门，看着男孩远去的背影，女孩的目光悠远而绵长。

男孩回去后，加了女孩的QQ。那晚，夜色如水，男孩通过QQ向女孩表达了心中的爱意。男孩说："众里寻他千百度，蓦然回首，那人却在灯火阑珊处。"

女孩对男孩也有好感，可是女孩知道，她和男孩相隔千里，能不能走到一起还是个未知数。

从此后，男孩喜欢上了云南普洱茶。每次茶叶一喝完，女孩就给男孩寄过去，男孩喜欢喝女孩寄给他的茶叶，男孩喝茶喝上瘾了，每次一喝完，男孩就打来款，叫女孩帮他寄茶。后来，女孩就不收男孩的钱，女孩主动把茶叶寄到男孩身边。

他们的恋爱关系持续了一年。这天，男孩告诉女孩，他要出国了，恐怕以后都不会回来了，男孩要女孩陪他一起出国。女孩知道这是不可能的，她不能扔下这摊子独自跑国外去，父亲的事业需要她米延续，女孩跟男孩说了声"珍重"。从此，女孩再不上 QQ，男孩再打女孩电话的时候，发现女孩的号码也换了，男孩知道，自己给女孩造成很大的伤害。在国外的时候，男孩再收不到女孩寄的茶叶了，男孩有时想茶想得睡不着就勉强到网上买了一些，却没以往的味道了。

这样过了一年，男孩终究耐不住对女孩的思念，这天，他安排好了国外的一些事情，匆匆地坐飞机飞回云南。在女孩曾经开店的地方，男孩看到了一个陌生的店名和一个陌生的女孩，他心目中的那个女孩搬走了，而搬往哪里，却一无所知，男孩一次又一次疯狂地拨打女孩的号码，却被告知已停机。男孩显得非常无助，他决定去找女孩，于是，一条条宽阔的街道，留下男孩追寻的目光，他的目光充满着执着，而他的身后，一首《彩云之南》回响在空中"彩云之南归去的地方，往事芬芳随风飘扬，蝴蝶泉边歌声在流淌……"记得那时这里的天多湛蓝，你的眼里闪着温柔的阳光，这世界变幻无常，如今你又在何方……

一场没有主角的恋爱

每个人都想品尝爱情的美好，无奈这爱情哪，终归是两个人的两相情愿，单相思的爱情，注定是一场没有主角的恋爱，但这又怎样呢，至少，曾经爱过。

第一次看到梦琪，是在我一个同学的家里，梦琪是我同学的堂妹。当时她穿着一件颜色淡雅的连衣裙，温柔得像冬天里的暖阳，如夏日里的微风。梦琪给我留下了美好的第一印象。

可是，就是这样一位女孩，却正遭遇着命运的波折。因为家里没钱，上高一的梦琪不得不中途辍学，梦琪辍学以后，找到我的同学，要我同学帮她在厦门找一份工作。我经常去同学家，梦琪知道我的姐姐嫁到厦门，比较容易找到工作。

面对同学的委托，面对梦琪无助的眼神，我没理由拒绝。于是，我当场给我在厦门的姐夫打了电话，为了让我姐夫尽心帮梦琪联系工作，我一厢情愿地谎称梦琪是我的女朋友，不过，我坦言跟梦琪说了这事，我跟她说这是需要。梦琪听了，没说什么。

过了几天，姐夫那边来消息了，说已经通过关系帮梦琪在手套厂找到一份工作，要她速速前往厦门。我知道，梦琪对厦门不熟悉，于是，我带梦琪到了姐夫家，跟姐夫的朋友见了面，姐夫和姐姐真以为梦琪是我的女朋友，当作亲人一般对待她。

就这样，梦琪到手套厂上班去了。因为工厂不包吃住，她暂时住在我姐家里。梦琪上班的第一个晚上，姐姐备了许多菜，庆祝她工作顺利的开始。那晚，朦胧的灯光下，我喝了很多酒，在我的劝说下，梦琪也喝了一杯。到休息的时间了，因为姐夫家没多余的房间，我们暂时住在阁楼上。阁楼上很宽，里面睡着她，外面睡着我，这中间，隔了一块木板。

我们都上了阁楼，看着梦琪微微涨红的脸，我心下慌乱，不由自主地抓住她的手，真诚地对她说："琪，我的姐夫和姐姐都以为你是我的女朋友，其实我也希望，这个谎言能够变成现实。"梦琪听了，慌乱地低下了头，说："我，我，我不想那么早谈恋爱，我只想先工作几年，等攒够了钱再去读书。"梦琪说完，进到阁楼里，挡住了木板，再不说一句话。

我的心碎了，不仅仅是因为梦琪拒绝了我，更因为她有着这样的求知欲而感动。梦琪的拒绝不但没让我失望，相反，我更加敬佩她了。为了和梦琪在一起，我暂时放下回家的想法，叫我姐夫也帮我找了一份工作，这样，我跟梦琪更有接触的机会了。

可惜好景不长，梦琪以上班太远不方便为借口，搬出了我姐姐家。这时，我姐夫和姐姐也知道我说谎的事了，但他们不但没责怪我，还一致认为梦琪是个好女孩，要我不要气馁。

于是，为了梦琪，我也搬离了姐姐家，在她住的附近也租了间出租房。我时常以种种借口去找她，这样下来，她的很多同事都把我当成她的男朋友看待。有时，梦琪加班到很晚，我都会静静地在他们公司门口等着，然后护送她回去，我相信，总有一天，她会被我感动的。

梦琪果然在沿着她的梦想生活着，她报名参加夜大的学习，过起了半工半读的生活。而这段时间，她对我始终保持着一种距离。

用我的温柔为你疗伤

　　两年的时间过去了，梦琪夜大毕业了，于是，跳槽到别的公司，当起了文员。走的那天，梦琪主动约我见了一面，她诚恳地对我说："阿东，一直以来，我都把你当哥哥对待，我知道你为我付出了许多，可是，我对你真的没什么感觉，原谅我。"虽然，我一直都清楚我在梦琪心中的地位，可是，当这话从她的口里说出来的时候，我一时还是无法接受。我跑回出租屋，把自己灌成了一摊烂泥。

　　我病了好几天。这几天过后，我终于想通了，是的，从头开始，这就是一场没有主角的恋爱，感情是两方面的事，我没有理由要求梦琪一定要接受我，也没有理由相信付出就一定有回报，我祝福她。

最是那一笑的温柔

　　男人之所以喜欢女人，在于女人的柔情似水，一个温暖的笑容，都可以成为别人奋进的力量和勇气，于是，在最艰难的时刻，总能想起那一笑的温柔。

　　现实竟如此残酷，一分之差就把我的大学梦撕得支离破碎。我擦干眼泪，背起简单的行囊，加入了打工行列。

　　在这座繁华的都市，我在一家中型超市找到了一份送货的工作。超市的生意还算不错，光顾的大部分是附近小区的住户。这天接到一位顾客来电，要我们把一箱啤酒和一桶油送到他们居住的一所公寓楼。组长交代我和小刘完成这个任务。

随笔随语

小刘也是新来的，跟我一样高考落榜，抑郁寡欢地来到这座城市。他不爱说话，总是满脸的忧郁，他总觉做这工作低人一等，一副很不得志的样子。

七月的午后，骄阳似火。我和小刘一人扛着一样东西气喘吁吁走在路上，汗水洗刷着我们的脸庞，顺着脖子游入身体，远处一棵树荫下一只白色小狗在那伸着舌头喘粗气。

这路对我们来说是如此漫无边际。

我和小刘终于把货送到了公寓楼。

收钱，找钱，我们完成了送货任务。

"嗨嗨，你们出去，干什么的？"就在我们转身要离开时，楼梯口站着一年轻小伙，对着我们凶巴巴的吼着。

"臭送货的，给我滚出去。"那个年轻人仍在吼着。

我见小刘的眼睛闪出泪花，他咬着牙攥紧了拳头。我赶快拉了拉小刘，示意他别惹事。人在屋檐下不得不低头。我们好像做了见不得人的事一样匆匆离开了那座公寓楼。路上，我们谁也没说话，小刘低着头踢踏着路边的石头，许久，他抬起头对我说："我不干了，这不是人干的活，掉价。"

我跟着点了点头，决定和小刘一起辞职。

"喂，前面两位男生，你们等等。"后面传来一个女孩清脆的声音。

我和小刘互相看了看，我们都不认识这位女孩，但除了我们两个之外周围再找不到第三个人。

那个清纯的女孩径直朝我们跑来。

我和小刘停住了脚步。

用我的温柔为你疗伤

多美的女孩啊，高挑的个子，如水的肌肤，在毒辣辣的阳光下，如一道清爽的风景。看到我们这样看着她，女孩羞红了脸，她对我们甜甜笑了笑，脸上洋溢着笑容。

"不好意思呀！"女孩声音如歌。

我和小刘迷惑了。我说："小姐，您在和我们说话吗？"

女孩仍笑着，说："真的不好意思呀，刚才对你们大声吼叫的男孩是我弟弟。我弟弟小时候发高烧烧坏了脑神经，他总是这样冒冒失失的。"

解释已经多余，我们反而窘了起来。小刘的脸憋得通红，连说没事没事。

女孩走了，望着她远去的靓影，我和小刘的心情陡然舒畅起来。小刘唱起了"对面的女孩看过来看过来"。

回到超市，我们谁也没提辞职的事，小刘每天都是满面春风，欢声笑语。他很快被提拔为班长，再后来，他当上了部门经理。

而我也利用打工的业余时间，坚持自学了大学课程，并做出了一番成就。

自行车上的爱情

真正的爱情，不必有豪宅和名车的陪衬。哪怕一辆卑微的自行车，依然可以唱响爱情的旋律，谱写浪漫的爱情之旅。

她是一家公司职员。刚开始，到公司上班的时候，她是搭着公交车去的，可是，公交车实在是挤，那令人窒息的空气，那慢悠悠行驶的车速，特别那防不胜防的小偷，她有了两次在车上钱包被偷的经历。

想着住的地方离公司不远，一天，她忽然灵光一闪。是啊，现代人讲究低碳生活，我何不也低碳一回呢，骑着单车去上班。想到这里，她竟兴奋得站了起来，碰巧是星期天，她索性咚咚来到旧货市场，当场买了一辆女式自行车。

第二天，她就开始骑自行车上班了。早晨清新的空气，路上川流不息的人流、车流，在她眼里，就是一幅美丽的画面。她慢悠悠地蹬着自行车，心旷神怡。

一天，夜幕降临，她骑着自行车行驶在灯火阑珊的路上，前面就是拐弯处了，她习惯地抓了刹车闸，车的节拍慢了下来。忽然，他看到前面一个男生骑着自行车向她驶来，男生的背上背着两个大型画板。男生边骑车边若有所思地想着什么，在拐弯的时候车速并没减慢，于是，"砰"的一声，撞到了她的自行车上。她一阵措手不及，重重地摔在地上，摔倒在地上的她疼得咧开了嘴，她正想发脾气，一眼看到男生那双慌乱的眼神。男生支支吾吾地说："对不起，我不是故意的。"说完，男生丢下背上的画板，把她扶了起来。见她走路一瘸一拐地，他轻轻地把她扶到他的车后座上，说："坐稳了。"说完，他小心翼翼地骑着自行车带着她往前行驶。过了一会，车停了下来，她看了看四周，心里觉得很纳闷，这附近没医院也没诊所，他带她到这里干吗呢？正想着，他下车了，

用我的温柔为你疗伤

先把自行车架好，然后走过来搀扶着她走进一家百货商店，边走边对她说："我先带你去买条裙子，裙子都刮破了。"此时，她才发现自己的裙子真被刮了好长一条口子，她顿时羞得涨红了脸。

裙子买好了，他把她重新扶到车后座，带着她直奔医院。她只是受了点皮外伤，上了点药水就可以走了。他把她送回宿舍，临分别的时候，他跟她说："都是我不好，从明天开始，我送你上班吧。"

第二天一早，她走出门正准备上班，看到他早在门口等着了。她笑了笑，心里涌起一股暖流。

从此，早晨的朝霞温情脉脉地目送着他们的身影，傍晚，他们披着满身的霞光，行驶在回家的路上。这样的日子持续了一段时间，直至她能自己骑自行车上班。

到了此时，她才知道，原来，他是一家装修饰品店的老板。由于公司刚开业，他挪不出更多资金买车，也是因为他喜欢低碳生活，于是，他骑着自行车满大街送货。没想到的是，这段自行车之旅竟然成就了这么美丽的"艳遇"。

他们浪漫的爱情由此开始。没事的时候，他们一起骑着自行车外出，她坐在后座上，双手环住他的腰，一路上说不尽的甜言蜜语。河边、公园洒下他们亲昵的身影，而他们的自行车，则见证着他们纯真的爱情。

第五辑 婚姻存在的一种方式

列夫．托尔斯泰曾经说过：幸福的家庭都是相似的，不幸的家庭各有各的不幸。其实何止家庭，对于婚姻而言，每个家庭呈现的婚姻并非一致，在每个家庭里，都有着其独特的婚姻存在的方式。

迷恋婚纱照的女人

每个女人，心中是不是都有一个梦想？当这份梦想遇到了一个无法产生共鸣的另一半，梦想的翅膀总是被现实撕扯得支离破碎，只可怜，谁能懂得女人心中的情怀呢？

女人笑眯眯地站在幼儿园班级门口，疼爱地叫了一声："宝宝"。女人的儿子陶陶一听到这熟悉的声音，马上跑了过来，兴奋地叫道："妈妈。"

女人领了孩子，想跟教室里的林老师道别，林老师正在桌上黏糊幼儿发展情况表，听到女人的声音，脸上绽开两个酒窝，说："陶妈，欣赏下我的婚纱照，电视上正演着呢。"

女人回头一看，果然，在激情的音乐声中，林老师和他男友的婚纱照映入眼帘，女人站在原地，慢慢欣赏。她看到脸上满是雀斑的林老师在化妆品的掩饰下，变得妩媚动人，特别是和他男友传情的那些动作，让人看了更是心旌摇曳。可以说，林老师算不上漂亮，可是，在艺术的演绎下，却变得如此多娇。女人看着看着，暗中叹了口气。

回到家，女人看到正坐电脑桌旁打牌的丈夫，女人心事重重地走了过去，说："老公，我刚才看了林老师和他男朋友的婚纱照，太漂亮了。老公，我们什么时候也去拍婚纱照？"

男人听了，没反应。过了一会，男人才没好气地说："拍什么婚纱照，无聊。"女人听了，泪水在眼里打转。

十年前，女人跟男人结婚，男人一无所有。结婚用的家具还是男人的姐姐淘汰下来的。那时，单纯的女人义无反顾地爱上男人，没有鲜花的祝福，没有小车的接送，没有婚纱照的映衬，可是，女人还是嫁得无怨无悔。

结婚后，他们过了一段低迷的日子。漂泊在异乡的他们，过着简朴拮据的生活。一转眼，十几年的时间过去了，男人的生意有了起色，他们在城里买了房子，并有了存款，经济宽裕了，每次经过影楼或者看到拍婚纱照的新人，女人心里就会一阵咯噔。当天晚上，女人回去的第一句话就是跟男人提拍婚纱照的事。

刚开始，男人还会模糊地搭理女人，次数多了，男人不耐烦了。男人一心扑在事业上，最不擅长的就是做那些儿女情长的事。每次，女人一说完，男人就会引经据典，说谁结婚了，也没见他们拍婚纱照，男人还跟女人说，不要去搞那些低俗的东西。

于是，拍婚纱照成了女人的心病。随着时间的流逝，女人拍婚纱照的愿望更加强烈，女人在空间日志上写了对婚纱照的迷恋。

这天，女人正忙活，接到一个陌生的电话。女人接了电话，一听到那男人磁性的声音，女人的心就怦怦乱跳。电话里的磁性男人，是女人在一次旅游中认识的。那时，磁性男人对女人情有独钟，有意无意地流露出对女人的喜欢。女人后来知道，磁性男人离婚了，很喜欢女人，当女人明白磁性男人的意思后，女人很理智地跟磁性男人说："我已经有家庭了。"

电话里，磁性男人静静的，不说一句话。好久，磁性男人才淡淡地说："我看了你的那篇文章了，我要让你知道，我的婚纱照为你留着，直到永远。"

从那次以后，磁性男人时不时给女人发短信，向女人倾诉对她的那份思念。时间长了，女人坠入了爱河。过了十几年枯燥婚姻生活的女人，感到磁性男人给了她一股少有的激情。

有一天，女人跟男人说，她要到 A 城出差，需要几天时间。女人走后，碰巧男人也接到单位通知，要他去出差，也是到 A 城。男人想给女人惊喜，就没告诉女人，他想等入住酒店了才给女人打电话。

这天，男人从酒店出来，要到附近见一客户。男人就直接走路过去，在经过一家婚纱影楼的时候，男人想起女人经常跟他提拍婚纱照的话，男人就下意识地站住了脚。他情不自禁地走了进去，惊讶地看到女人正穿着一袭粉红色的婚纱，变得娇艳无比，女人的旁边是那个磁性男人。就在女人要转身的时候，男人赶紧躲开了。可是，还是被女人看到了。女人顿觉羞愧难当，狂奔着往外面跑去。

男人跟着追了出去，他眼看着远处一辆大货车正向女人驶来，男人想拉开女人，可是迟了，随着路人的一声惊叫，女人倒在血泊中。男人追了过去，用双手抱着女人，一边发疯般地呼唤着女人的名字。

许久，女人睁开眼睛，女人忍着身体上的伤痛，一字一顿地说："我，我没做对不起你的事，我只是想拥有一张属于我们的婚纱照而已。他跟你一样的名字，他，他答应了我的请求……"

话还没说完，女人又晕了过去。

爱蹦迪的女人

这个爱蹦迪的女人原本是不会蹦迪的，物欲横流的尘世间，是否难觅真爱编织的爱情网？女人虽然胜利了，但是那疯狂摇摆的腰肢却诉说了她的失意。问世间，感情两个字，胜又如何，莫非你真能做到对酒当歌？

旁人都说，男人和女人结合有点不合常理。也难怪，男人性格外向，女人性格内向，男人热爱蹦迪，女人却喜欢捧着一本书，慵懒地靠在床上，随意地阅读。

女人的朋友看到男人经常到迪吧蹦迪，纷纷告诫女人，说："你啊，别整天盯着书本了，看好自己的老公要紧。"女人淡淡地说："我相信他，他不会做对不起我的事。"

女人说的也对，男人喜欢蹦迪，并不是天生就喜欢的，男人是做生意的，请客户去蹦迪，应该也算分内的事。而且，在女人眼里，男人是一个对自己负责对家庭负责的好男人，所以，女人相信男人。

出现意外是在那天晚上。夜里三点，女人正沉浸在睡梦中，听到外面传来说话的声音，女人起来一看，声音是从卫生间传出来的。这之前，男人打电话告诉女人，晚上不回家吃饭，要陪客户吃饭。夜里12点，女人给男人打电话，问男人回来没有，电话里的男人醉醺醺地说，还在陪客户。女人从男人的话筒里听到迪吧里那种让人热血沸腾的音乐，女人猜想，男人又陪客户去迪吧了。女人理解男人的苦，她深深地叹了口气，躺下睡着了。

女人沉浸在睡梦中，以致于男人什么时候回来，女人浑然不知。现在，女人听到男人的说话声，抬起头看了看时间，已是午夜三点，女人悄悄来到卫生间门口，想听听男人在跟谁说话，只听男人说："我喝醉了，已经回家了，改天再去迪厅找你，乖。"女人一听，觉得天旋地转，从男人暧昧的谈话中，女人猜测，男人有事瞒着她。

卫生间响起脚步声，女人赶紧返身回床上躺了下来。男人回到卧室，轻轻地叫了下女人的名字，女人假装没听到，男人见女人没应答，在女人身边躺了下来。过了一会，就听到男人打鼾的声音。

女人一夜无眠，想起男人做了对不起自己的事，女人的心隐隐作痛。

从此后，女人再也没心思看书了。男人开的是物流公司，女人原先是从不过问的，在家当全职太太。这之后，女人跟男人提出，要到公司上班，男人劝导了一番后，见女人下定了决心，只得答应了。

从此，女人管理着公司的一切事务，男人看女人管理得有模有样，男人感到很高兴。女人为了公司的事常常早出晚归，男人压力减少了许多，更有时间蹦迪了。

那一天，女人忽然心生一动，想到迪吧去看看。女人找了私家侦探，要对方调查男人常去的迪吧，很快，私家侦探告诉女人，男人正在"香野楼"迪吧。于是，女人只身前往。

"香野楼"迪吧里，天花板上的灯光闪烁不定。时明时暗的迪吧舞台上，一个穿着性感的女郎边摇摆着水蛇腰，边做出飞吻的手势，整个迪吧里，尖叫声此起彼伏。女人来到座位旁坐下，要了一杯红酒，慢慢地啜饮着，忽明忽暗的灯光里，女人看到对面的男人怀里正搂着一个女人，两人互相喝着交杯酒，边打情骂俏。

女人静静地看着男人，她在杯里倒满了一杯酒，慢慢地朝男人走过去，男人和女人闹得正欢，一点没觉察到女人的到来。女人悠悠地举起酒杯，朝男人和男人怀里的女人浇了下去。不知是谁发出了一声尖叫，男人怀里的女人清醒过来，捂着脸向外跑了出去，现场一片混乱。

女人和男人疲惫地回到家，女人淡淡地向男人提出离婚，这正合男人的心意。男人跟那个女人来往很久了，早就跟那个女人承诺要跟自己的老婆离婚。男人原来是不好意思对女人开口，眼下有了这样一个好机会，男人正求之不得呢。

在分财产的时候，男人发现，公司账户上的许多资金已经被女人神不知鬼不觉地转移了，如果离婚，男人只能分到很少的一部分财产。

男人暴跳如雷，骂女人心狠手辣。女人也不还口，只是淡淡地说，是你的无情造就了我的狠毒，我们之间已毫无感情可言，离吧。男人不甘罢休，请了律师跟女人打官司，却因为没有足够的证据而败诉。

女人和男人终于离婚了。

这之后，"香野楼"迪吧多了位顾客，她就是那个离婚的女人。在充满激情的音乐中，女人疯狂地摇摆着柔软的腰肢。

阿叔和他的女人

朴实的阿叔，总能勾起我的回忆，然后眼眶湿润。尘世间，哪怕是卑微的生命，都有可贵的精神存在，让人想起，总能感受到温暖。

阿叔是三爷唯一的儿子，比父亲小几岁，长相英俊，勤劳肯干。听母亲说，阿叔26岁的时候，同村的一个女孩对阿叔产生好感，阿叔对那女孩也情有独钟。三奶托人到女方家做媒，女方父母提出要以500斤稻谷作为聘礼的要求，当时三奶家家境不错，完全可以拿得出手，但三奶生性小家子气，执意反对，这门婚事也就泡汤了。

阿叔原本就不善言辞，这件事以后，他更不爱开口说话了，只知道每天日出而作日落而息。

转眼，阿叔37岁了，三奶这下慌了，四处找人给阿叔做媒，每次都是无功而返。最后，三奶咬咬牙，花了500块钱给阿叔买了个

用我的温柔为你疗伤

女人。先前，没人见过那女人，等把新娘娶到家门口了，三奶他们才知道，原来那女人患有癫痫病。三奶马上叫人把那女人送回去，这时，站边上的阿叔开口了，他涨红了脸结结巴巴地对三奶说："都娶进来了还送回去，容易让人落下话柄，留，留下吧！"这事不知怎么就传了出去，村里人笑话阿叔没见过女人，连这样的傻婆娘都要。从此，女人就跟阿叔过起了小两口的生活。这时，三奶家家道中落，阿叔没文化没技术，只靠做苦力养活整个家庭，日子过得很艰难。女人过来以后，阿叔的担子明显重了，帮人家背化肥，到田里施肥，挖土，到工地干活，愣是把女人养得白白胖胖。邻居都说，那傻女人真是有傻福啊，愣是碰到了阿叔这么好的男人。

一天，阿叔从工地回家，四周已是漆黑一片，此时，电闪雷鸣，瓢泼大雨倾盆而下。阿叔回到家，一眼看不到女人。要在往常，女人看到阿叔回来，总会咧着嘴对阿叔嘿嘿笑着。经过这段时间的相处，阿叔对女人有了一股怜意，这股怜意滋生出来，变成了关怀与疼爱。阿叔一下没看到女人那熟悉的笑容，心不禁有点慌乱。阿叔问了三奶，三奶说女人吃过午饭后就不见了，三奶巴不得女人自己离开，眼下找不着了，她心里不禁有点幸灾乐祸。阿叔先到附近找了个遍，但却失望而归。此时，雷电越发凶猛了，隆隆雷声在头上肆意啸叫着，阿叔心急火燎，女人到阿叔家以后，从没出过家门，这下会到哪去了。阿叔返回家，发动自己的亲戚四处寻找。那些被叫的亲戚听说是去找癫女人，嘀咕着说："找什么啊？巴不得自己走丢了呢，这样的人，顶多是个累赘！"迟迟不肯迈动脚步。阿叔生气了，对他们咆哮道，说："就因为她是癫女人，这样的雨天，不找回来才叫人担心。万一有个三长两短，活生生一条人命啊！"那些亲戚从没见过阿叔发这么大脾气，操起手电不情愿地走了出去。而阿叔自己戴着斗笠披着蓑衣也出去了。

阿叔找了一夜，终于在鬼头山后面的那片森林里找到了女人。阿叔发现女人手脚冰凉，一摸鼻子，还好有一股气息。阿叔把女人背在背上就往山下跑，边跑着，想着女人可怜的模样，阿叔眼角淌下两行热泪。到了诊所，医生看了看，对阿叔说，还好及时送来，再迟几分钟，女人就没命了。阿叔听说女人还有救，憨憨地露出了笑容。医生给女人打了点滴，阿叔守在病床前，到半夜的时候，女人烧得很厉害，满嘴说着胡话，一双手在空中胡乱抓着，阿叔握着女人的手，轻轻叫着女人的名字。女人听着阿叔的呼喊，静了下来，过了一会，女人微微睁开眼睛，叫出了阿叔的名字，女人跟阿叔说口渴要喝水。阿叔顿时欣喜若狂，这是女人第一次说出合乎逻辑的话，阿叔激动得手在发抖，杯子都打在了地上。说也奇怪，从这以后，女人变正常了，变正常后的女人跟常人没什么两样，对阿叔温柔体贴，百依百顺。阿叔一从外面回来，女人把饭端到阿叔面前，冲好水帮阿叔泡脚。阿叔看着葱样的女人，嘿嘿笑着，所有的劳累顿时消失得无影无踪。

闲暇时，女人也跟着阿叔到外面干活，女人牛高马大，阿叔干什么她也跟着干什么。一天下来，两夫妻差不多有百把块收入。原先的时候，阿叔忙着打工，自己的田地都荒芜了，女人手脚勤快地开垦着荒地，种上些稻谷杂粮蔬菜，一家子的吃也有着落了。

后来，只要阿叔和他女人的身影出现在村民的视野里，就有村民发出酸酸的声音："这呆小伙，真是傻人有傻福哟，白捡了个这

用我的温柔为你疗伤

么好的媳妇。"

苦涩的爱恋

　　人生，有时不品尝一番苦涩，就无法理解生活的真谛。那无知的年龄，那冲动的任性，生活，总能以导师的身份，给你指点。

　　丹丹是个聪明漂亮的女孩，在老乡的介绍下，她到一家 KTV 当了名服务员。

　　在这里，丹丹认识了一位男孩，这男孩是个吧台的调酒师，长得高大英俊。丹丹一下子就被对方的帅气迷住了。

　　一天晚上，睡到半夜，丹丹忽然肚子疼得很厉害，同宿舍的女孩子个个束手无策，其中一位女孩子跑到隔壁男生宿舍向男孩子求救。门打开了，第一个冲进来的正是那个吧台调酒师，只见他二话不说，背起丹丹跑了出去。外面漆黑一片，男孩子深一脚浅一脚地走到马路边，拦了辆的士就往医院赶去。

　　到了医院，丹丹被告知急性阑尾炎，要进行手术，丹丹就在医院住了下来。在这里，丹丹除了几个老乡外，再没什么亲戚。在丹丹住院期间，男孩子给了丹丹无微不至的照顾，丹丹对他有了感激之情。

　　出院后，男孩还经常去看望丹丹，这时，丹丹才知道男孩的名字叫军军。他们相约着一起游玩，看电影。渐渐的，两人擦出了爱情的火花，爱得如痴如醉难分难舍。

过了不久，刚好是丹丹生日，两人一起在宿舍过生日。或许喝多了的原因，两人意乱情迷，相拥到了一起……

一个月后，丹丹发现自己恶心呕吐，医生告诉她怀孕了。军军辞职带着丹丹回到了他的老家湖南，到了军军家之后，丹丹才知道，这是一个非常贫困的山区，冬天特别冷。丹丹是南方人，根本无法适应这里的生活。于是，她向军军提出要回自己的老家。

丹丹的父母本来反对她和军军来往，但当军军也一起回家时，二老虽然心里很生气，但还是热情招待了军军。随着丹丹肚子越来越大，他们的一点积蓄早已花光。丹丹的父母都上了年纪了，没什么收入，一下又加了三口人，无疑增加了很大的压力，丹丹要军军到外面打工挣钱，军军却一口回绝了。

从那以后，军军的性格暴露无遗。他整天游手好闲东游西逛，丹丹说了他几次，军军只把丹丹的话当成耳边风，爱理不理的，丹丹感到很失望。直到有一次，丹丹亲眼看到军军从母亲的钱包里拿钱，丹丹的心彻底被撕碎了，她也想和军军分手，可看着自己渐渐隆起的肚子，又狠不下这份心。

十个月后，孩子出生了，丹丹为了挣点钱贴补家用，在孩子四个月大的时候，她就给孩子断了奶，让母亲带，自己到一家发廊当洗头妹。

一个寒冷的冬天，丹丹正在给客人洗头。因为长时间泡水，丹丹的手已经裂开了好多血口子，她边洗着，边咬紧牙关忍着钻心的疼痛。正在这时，门被推开了，军军闯了进来，凶巴巴地对丹丹说：

"我要去赌博，给我点钱。"丹丹不肯，军军冲了过来，当着众人的面强制着把丹丹口袋里准备买奶粉的 200 元钱拿走了。看着军军远去的背影，一行悔恨的泪水顺着丹丹的脸淌了下来。

这时，丹丹才彻底醒悟，原来，她嫁给军军只是出于感激之情，他们之间缺少的是对对方的了解……

婚姻存在的一种方式

婚姻幸不幸福，犹如穿在脚上的鞋，只有自己亲身感受了才会明白。生活无须攀比，婚姻无须对比，适合自己的，就是最好的。

炎热的中午，整个楼道静悄悄。

"砰"一声响，吓了我一大跳，接着是稀里哗啦声，再接着是男女的对骂声。我一听，就知道是对门的芳和军在吵架。

芳和军都是汽车司机，芳跑长途，军在市内开公交车。平时轮休时，他们总喜欢到我这串串门，聊聊天，一来二去，彼此便很熟悉了。

俗话说：清官难断家务事，可听他们越吵越凶，一时半会熄不了火。我不忍心看他们吵下去，于是决定去劝劝。

我推开了虚掩的门。

"砰"一声，一只塑料椅飞了过来，还好我眼疾手快，挡了回去，塑料椅砸在门上。

芳穿着睡衣，哭得一把鼻涕一把眼泪，她的右眼乌黑一片，再看她的手和脚，不少地方也都挂了彩。

军吹胡子瞪眼睛，怒气冲冲。

我起了和事佬的作用，拉拉这个，劝劝那个。碍于我的面子，他们战争的火焰渐渐平息。过了一会，军抓起帽子，"砰"摔门而出。

芳抽抽噎噎跟我说了事情的经过。

刚才，他们午睡醒来，一起去刷牙洗脸。芳看着还有那么一点的牙膏对军说："几十块钱的牙膏，挤挤吧。"军倔脾气上来："我就是不挤。"芳一手叉腰，指着军的鼻子说："你挤不挤？"军说："就是不挤，怎么着？你信不信，我把这新的牙膏扔掉？"芳说："你扔呀，有本事扔呀！""噗"一声，军果真把刚买回的几十块钱的牙膏扔了出去。军又拿起那把同样几十块钱的牙刷："信不信我把这牙刷也扔了？"芳气急败坏："你扔呀，通通扔了！""咔嚓"一声，军折断了牙刷，"噗"一声，又扔了出去。一百多块钱在芳的眼皮底下飞了出去。芳歇斯底里，撕扯着军的衣服。

两人好像有十几年的仇恨似的，互相撕扯搏斗着，军还把怒火发泄在桌啊椅啊电视音响上。于是这些东西就缺胳膊少腿的，成了无辜受害者。

我听了，不停地安慰伤心哭泣的芳。

"铃铃铃"电话响起，芳擦了擦眼泪接了电话。

"我走了，公司催我上班了"。芳说。

"嗯"我点了点头，"路上小心"我不忘叮嘱。

回到家，老公刚午睡醒来，走进洗手间。

我决定试试老公。

看着还剩那么一点的牙膏，我对老公说："几十块钱的牙膏，挤挤吧。"

老公倔脾气上来："我不挤。"

唉，男人都一个样。我叹了一口气。

"那就算了吧，还是我来挤，要不扔了吧，也没剩多少。"我说。

"还是我来吧，你挤不来。"老公说着，拿过牙膏使出了力气。

我们相视一笑。于是各忙各的，相安无事。

我忽然有了很深的体会，其实夫妻之间，偶尔的争执在所难免，此时，需要双方多一份忍让，多一份沟通，理智处理事情，也就没吵架的机会了。只有这样，家庭才能充满温馨与和睦。

雪　花

上帝造就了女人，总能造就一些聪明贤惠的女人。不一般的见识与胸怀，哪怕人生经历大风大浪，亦能柳暗花明。

雪花与南凡结婚时，羡煞了身边的朋友。南凡不仅长相英俊，性格也温和，最关键的是，作为家庭的独生子，南凡有领着很高退休金的父母，家里楼房三套，奔驰一辆。曾经，南凡是很多女孩追求的目标，大家想着法子讨好他。偏偏落花有意流水无情，南凡爱上了家境一般的雪花，按照南凡的说法，南凡从雪花身上，看到了几近灭绝的女性的温柔与淳朴，对于从农村走出来的雪花，身上的确流淌着农民特有的淳朴气息，这点很让南凡心动。

谈恋爱以来，南凡时常带雪花出入高级场合或餐厅或服装专卖店或美容厅，每次雪花都很忸怩地告诉南凡，赚钱很辛苦，别乱花钱，南凡总是一笑了之。赚钱辛苦，那是对别人而言，对南凡来说，他的生活就是找一些高消费的场所，看着鲜红的钞票一沓沓地花出去。

南凡父母知道儿子跟一个农民的女儿谈恋爱，不止一次语重心长地找南凡谈心："孩子，生活不是安徒生童话，爸爸妈妈请求你，不要在我们家庭上演白马王子与灰姑娘的故事。"即便如此，南凡仍是跟父母坦言非雪花不娶的决心，仍我行我素地与雪花约会。直至最后，雪花大着肚子出现在南凡父母面前，老人家才叹了口气默默接受了。

他们结婚后，小两口从父母的房子里搬了出来，独自住进一套两百多平方米的房子，跟老人家分开住，倒是清净许多。南凡母亲偶尔来一趟他们家，每次总是对雪花指手画脚，不是说她衣服叠得不够齐整，就是嫌地板擦得不够干净，面对婆婆的唠叨，雪花唯一能做的就是站立一旁，任由婆婆指责。

结婚后，南凡对雪花倒是很体贴入微，没多久，他们的女儿出生了。南凡的母亲看到生出来的是女孩，脸马上拉了下来，雪花坐月子期间，都是由保姆伺候着，南凡的母亲就只出现一次。这让雪花心里很难受。

本来，两夫妻日子过得好，婆婆的嫌弃与排挤都可以忍耐，雪花正是这样，忍耐着婆婆对她的挑三拣四，庆幸的是，南凡自始至终对雪花都关爱有加，这让雪花心里宽慰了许多。

遗憾的是，幸福的日子没过多久，在一次的酒后驾车中，南凡

用我的温柔为你疗伤

的车撞到了路边的电线杆，正当壮年的南凡命丧黄泉，面对这场灾难，雪花哭得死去活来，要不是放不下幼小的孩子，雪花早追随南凡去了。这事过后几天，雪花婆婆专门带人过来，搬走了家里一切值钱的东西。雪花生活的很大部分开支来自南凡，如今南凡走了，雪花靠自己不高的工资维持家庭生活。

这天，雪花正在公司上班，接到公公打来的电话，说婆婆生病住院了，要雪花过去看看。雪花公公年事已高，行动不方便，作为家庭中的独子，南凡已经走了，这唯一能找的也只有雪花了。雪花挂了电话后，匆匆赶到医院。在医院里，雪花看到脑血栓导致无法言语的婆婆用一双浑浊的眼睛盯着她看。这时，医生走过来对雪花说，要先交一万元医药费。雪花一听，赶紧到外面走廊给女友打电话，要对方先借给她一万元，转到她的账户，款到账后，雪花急匆匆来到柜台为婆婆办理了住院手续。

接下来的二十多天里，雪花向公司请假，寸步不离地守在婆婆身边，帮婆婆洗脸，弄好吃的给婆婆吃，还帮婆婆处理大小便。这中间，雪花又向朋友借了几万块钱做医药费。渐渐的，婆婆终于能够说话了，雪花把婆婆接回家里慢慢调养。

一回到家，婆婆就颤颤巍巍地向房间走去。不一会，婆婆又颤巍巍地走了出来，只是手里多了一样东西，婆婆哽咽着对雪花说："以前都怪我看不到你的好，让你吃了不少苦。这是咱家的存折，以后全部归你管了。在我心里，总觉得媳妇是别人家的，可是这场病生下来，我才看出来，你比我的女儿还亲。以后这个家由你来当，原谅妈妈以前那样对你。"雪花听了，也动情地说："妈，您不要把这些小事放在心上，我这辈子都会把你们二老当作我的亲生父母看待，因为南凡叫你们爸爸妈妈，我也叫你们爸爸妈妈，我的孩子要叫你们爷爷奶奶，你们是我最亲的人。"

杨海莲的婚姻生活

青春的季节里，总是充满着躁动，生活需要亲自去体验，只可惜，为了这份体验，有时付出的代价过于沉重。那么不妨，多提高自己的见识与学识，才不至于使自己偏离正确的航道太远。

知道杨海英就是杨海莲姐姐的时候，我有点诧异了。杨海莲是我小学同学，在我们还吸着鼻涕，穿着打着补丁裤子的时候，杨海莲就开始学会描眉戴耳环了。记得那时，班主任当着全班同学的面说："有的女同学年纪轻轻就打扮得像个狐狸精，也不看看人家小苏同学，成绩好不说，朴朴实实清清爽爽的一个人，多让老师疼爱。"

班主任说这话的时候，大家齐刷刷地把眼光投向了杨海莲，同时眼神里露出鄙夷。杨海莲也不害羞，仍摆弄着自己的头发，一副众人皆醉我独醒的清高。班主任看她实在无药可救，本着解救将要失足女学生的责任，把杨海莲安排跟我同桌，班主任希望我的优秀品德可以对杨海莲起一些潜移默化的作用。

杨海莲跟我同桌后，好像没受到我多少影响。只是从那以后，杨海莲开始学会向我贿赂了。杨海莲的家境好，父母都是做生意的，

用我的温柔为你疗伤

有足够的零钱让她挥霍，杨海莲懂得"吃人家的嘴软，拿人家的手短"的道理，今天给我文具盒，明天给我零食吃。生活在水深火热穷困生活中的我哪里得到过这些礼遇，于是，在每次的考试中，自然而然地为杨海莲敞开了我的试卷。

就这样，杨海莲抄着我的答案上了县一中。就在学校和家里为杨海莲取得如此好的成绩而骄傲自豪的时候，杨海莲却开始了她人生的转折。

杨海莲上县一中后，因为离家远，没有了家庭的监管，于是结交了社会上不三不四的人。不时地，就有头上染着多种颜色的帅哥来找杨海莲，杨海莲在我们的注视下，夹在几个帅哥中间扬长而去。次数多了，我正在犹豫要不要告诉她家里人的时候，杨海莲却失踪了。

杨海莲失踪后，我们才知道她经常和那帮人去一家演艺吧。在我们还不知道有演艺吧这种场所的时候，在我们在灯下思考习题的时候，据说杨海莲和那帮人在演艺吧的舞台上谱写自己的青春，并且养活了自己。只是杨海莲的舞台生涯才刚刚开始，却又听说他跟一位帅哥跳槽到了别的城市。

杨海莲就这样跟别人跑了，没留下一点蛛丝马迹。她的母亲哭爹喊娘的，坐在地板上拍着大腿大喊造孽，他的父亲则狠狠地说："有什么好哭的，当我们没生这个孩子。"

半年后，听说十七岁的杨海莲生下了一个女孩，当上了母亲。那时的杨海莲抱着孩子回了娘家，跟父母哭诉着不去男方家了，据说那是个鸟不拉屎的穷地方。杨海莲过惯了优越的日子，吃不了那份苦，想寻找回头路。她的母亲心肠还软，要叫杨海莲在娘家住下，他父亲却操起一根棍子，要把杨海莲往死里打，杨海莲伤心之下，从此消失得无影无踪。

　　高中毕业后，我没考上大学，于是在家乡开了家服装店，杨海英是我忠实的顾客。杨海英长得五大三粗，有像男人一样粗犷的性格，在别人为了一块两块跟我还价的时候，杨海英却是我说多少钱她就给我多少钱。那天，杨海英买完一件衣服后，在椅子上坐了下来，跟我聊起家常。这时，我才知道，杨海英跟杨海莲的关系。杨海英说，杨海莲的孩子五岁了，她和那个男的本来就没办结婚证，杨海莲想离开那个男的，于是躲避着那个男人。杨海莲想回娘家来，又怕父亲生气，于是一个人带着孩子，在一家演艺吧上班。

　　我对杨海莲如此波折的命运表示同情，我建议杨海英回去做他父亲的思想工作。杨海英说，自从杨海莲离家出走后，她母亲受不了打击，精神分裂了。一个原本完美的家庭就这样破裂了，为此，他的父亲对杨海莲仍是怒气未消，坚决拒绝杨海莲回到家里。

　　几个月后，杨海英又来到我店里，她高兴地对我说，他的父亲终于想通了，答应杨海莲回来。于是那天，为了见见多年不见的同学，我跟着杨海英来到她家。

　　杨海莲变了，被厚厚的脂粉覆盖的一张脸虽有那么几分姿色，却仍无法掩饰那份沧桑。我在杨海莲对面坐了下来，看到杨海莲低着头，在接受他父亲的责备。杨海莲的父亲也不避讳我，只当着我的面说杨海莲，说："你看你，我们好好的一个家就这样被你毁了，看到你母亲的样子，我就无法原谅你的过错。你连自己的人生都没法演绎，怎么还好意思站在舞台上演绎别人的人生。"

杨海莲的父亲激动地说着，我看到杨海莲的泪水如针线般，一滴滴地掉落在地板上……

情　殇

王子与灰姑娘的爱情故事总是那么令人神往，而尘世间，总有一些不如意爱情的存在，是不是注定，这本身就是一个悲剧？愿世间，能少一些情殇故事的发生。

二十多年前，吴家村的秀菊嫂家里来了个乞丐。乞丐是个女的，蓬头垢面，在秀菊嫂家的破草屋门前低声乞讨。秀菊嫂心肠好，给乞丐装了满满一碗饭，在往乞丐碗里倒饭的时候，秀菊嫂看到缩在乞丐身边的那个女孩，四五岁光景，头发散乱着，一双清澈的眼睛一眨不眨地盯着秀菊嫂。

时值深秋，天色晚得早。秀菊嫂看了看夜幕笼罩下的夜色，又看了看这对乞丐母女，深深地叹了口气。她对女乞丐说："晚上没地方住吧？"要不我那边有间柴房，你们就先到那住一夜吧。女乞丐听了，高兴地点了点头。秀菊嫂把乞丐母女带到柴房，给她们铺了草席，又抱来了床厚厚的被子，安顿乞丐母女睡下。

第二天一大早，秀菊嫂来到柴房，看到女乞丐不见了，草席上那个小女孩憨憨地睡着。过了一会，小女孩醒了，秀菊嫂把小女孩接到自己家里，给她梳洗打扮一番，女孩好像变了个人似的，可爱极了。

几天时间过去了，女乞丐再也没露面。秀菊嫂就把小女孩当作自己的孩子一样疼爱，秀菊嫂如此疼爱女孩，其实心里还有一个小算盘。秀菊嫂的小儿子志军得了癫痫病，时不时发作，眼看志军也有十五岁了，以后怎么讨媳妇还是个问题，秀菊嫂就想着把女孩当童养媳养起来，长大了给儿子当媳妇。女孩没有名字，秀菊嫂就给女孩取了个名字，叫小翠。

从此，小翠和志军两人相约着到坡上放牛。志军小学没毕业就辍学了，小翠也一样，上到三年级，每次都考十几分，干脆不上了。两人有说有笑在山坡上放羊，打滚……

冬去春来，转眼，小翠长成了亭亭玉立的姑娘。这时，她也知道了自己的身世，也知道秀菊娘对自己的安排。说实话，她心里根本没志军的存在，两人从小在一起长大，小翠只把志军当作自己的哥哥对待，从没想过有一天成为哥哥的老婆。特别她经常看到志军癫痫病发作时，躺在地板上打滚，流着长长的口水，再看看人家电视上的一对对俊男靓女，在心里，她无法接受这样一个男人成为自己的男人。可面对秀菊娘的恩情，她该怎么回报。为了这事，她有一段时间茶饭不思。

这天，小翠从地里回来，看到家里来了客人。在秀菊娘的介绍下，小翠才知道，自己的舅舅找上门来了。原来，小翠的娘离开小翠以后，得了重病死了，临终前，她托付弟弟一定要抽空去看看小翠。至于小翠的父亲是谁，舅舅躲躲闪闪的不肯说。舅舅要带小翠到老家走一趟，秀菊娘不好说什么，只得答应了。秀菊娘把小翠和她舅舅送到村口，

用我的温柔为你疗伤

嘱咐小翠早去早回。小翠回过头跟秀菊娘挥手，一眼瞥见志军涎着口水直勾勾地盯着自己。她头一扭，发誓走了以后再也不回来了。

在舅舅家，小翠过得很舒坦。舅舅给小翠介绍了村里一个年轻的后生，叫顺伟，小翠一眼就喜欢上了顺伟，顺伟对小翠也很有好感。舅舅看在眼里，喜在心里，琢磨着时机成熟了给他们办理婚事。

这天，小翠在河边洗衣服，舅舅来了，说："你秀菊娘生病了，听说很严重，回去看看吧。"小翠想了想，点了点头。毕竟，秀菊娘待自己就像闺女一样，这份情，自己记挂在心里呢。小翠衣服也不洗了，上村里的小店里买了些水果罐头，急急往家赶。到了家里，小翠看到躺床上的秀菊娘，消瘦了很多，她心里一酸，想起自己的童年，要不是秀菊娘收留，自己到现在都不知道会怎么样呢。小翠给秀菊娘熬了稀饭粥，服侍秀菊娘喝下，又给秀菊娘擦了擦脸。这时，秀菊娘拉着小翠的手，哭着求道："翠，答应我，别离开咱家，好吗？"小翠不知道说什么好，局促地坐在那里。看着秀菊娘乞求的眼光，小翠想，等秀菊娘身体好了再说吧。想到这，她沉重地点了点头。

没想秀菊娘这一躺下去，就卧床不起了。小翠丢不下家里，忙前忙后地伺候。正在这时，舅舅那边来消息了，说顺伟家里等不及了，要顺伟跟村里的另一个姑娘结婚，顺伟拗不过，答应了，明天就举行婚礼。小翠听了，只觉天旋地转，她好不容易控制住自己，不让泪水簌簌地往下落。这时，秀菊娘开口了，说为了给她的病冲喜，求小翠跟志军结婚。心灰意冷的小翠答应了。

过了几年，秀菊娘的身体奇迹般地好了起来，小翠也由一个女孩变成了一个三岁孩子的母亲。

这天，天气酷暑难耐。志军从地里回来，一头扎进河里洗澡，却再也没回来。小翠跟在送葬队伍后面，麻木地走着，眼里没一点泪水。

几天后，人们看到小翠手提着包袱，从秀菊娘家走了出来。她的身后，传来了三岁孩子的哭声……

香满楼酒家

每个人的青春，或多或少总有一些过错，而知错能改，善莫大蔫。一切，都还来得及，挥挥手，和自己的过去说声"再见"。

那年，我十八岁。

十八岁的我正上高三，上高三的我听到了朱美丽结婚的消息。

朱美丽是我初中同学，初中毕业后，当我怀着踌躇满志的雄心壮志升入高中时，朱美丽就到厦门打工了，据说在一家酒楼当服务员。有一次我在路上碰到朱美丽，看到朱美丽穿得很美丽，一袭长裙在微风的吹拂下显得婀娜多姿。朱美丽看到我，却又假装没看到似的别过脸去。我却久久地盯着她的背影，回味着她鲜艳的嘴唇以及描过了的眉毛，心里羡慕不已。

朱美丽家离我家不远，她外婆住在我家隔壁，于是，不时地有关于朱美丽的消息传来。先是听说朱美丽谈男朋友了，又听说男朋友就是我家河对面的那个跛子张。

用我的温柔为你疗伤

跛子张其实不叫跛子张的，至少在以前他不叫这个名字。跛子张年轻的时候是街上的混混，自己找了几个人手专门替人讨债，其实跛子张的事业不但包括这些，还包括一些打架斗殴之类的活儿。那时，村民们一听到他的名字保准变色，看到他都躲得远远的，以免自己惹祸上身。但跛子张却长得高大英俊有模有样，称得上是个美男子。当大家听说朱美丽要嫁给这样的人时，都在唉声叹气。特别朱美丽的父母，是十万分的反对。可是，反对也没用，反对的结果是一个夜黑风高的晚上，跛子张带了一队人马，把朱美丽家的一扇木门砍得稀巴烂。朱美丽的父母都是本分的庄稼人，看到此情景再也不敢吭声，只让朱美丽听之任之。

就这样，没有明媒正娶，没有鞭炮鸣放，朱美丽住到了跛子张家，不久就生下了一个男孩。刚开始的一两年，朱美丽的日子过得有滋有味，因为跛子张会赚钱回家。可是好景不长，也是一个夜黑风高的夜晚，跛子张喝完酒骑摩托车回家，喝醉酒的跛子张不自觉地就让摩托车撞上了路边的电线杆。跛子张摔得很严重，手脚都摔断了，昏迷不醒。等路边的人发现后把他送往医院的时候，等待他的是截肢的结局。

跛子张从医院出来后，我看到他脚上装着的假肢，走路一瘸一拐的。从此，跛子张没了往日的威风，只乖乖地待在家里，接受别人冠以他的新名字"跛子张"。当别人叫他这个名字的时候，跛子张也不生气，只微微笑着，算是接受了。也是，跛子张昔日的风光已经过去，大家看他一瘸一拐的样子，还有谁会怕他呢。

只是却苦了朱美丽，朱美丽的儿子才几个月大，跛子张又摔成这样，家里没了经济来源，从此后，朱美丽四处打零工。我家是水果之乡，在水果成熟的季节，是需要很多临时工的。朱美丽加入了打工的行列，没日没夜地干。

有一次，在外地求学的我暑假回家，走在家乡的大桥上，一眼看到前面走过来的朱美丽。朱美丽一身农妇打扮，头发随意地绑着，没有任何装饰，只是为了不让头发掉下来，朱美丽被晒得黝黑，趿拉着一双拖鞋。看到我，朱美丽没有任何反应。也是，我们已多年没见面，彼此之间已多了份冷漠与隔阂。

后来有次回老家，同学说要为我接风，在县城的"香满楼"酒家设宴款待我。我跟着同学来到香满楼，看到这家酒楼却是由木头搭成，人走在上面，地板还会发出咯吱咯吱的声音。我心有疑虑地问同学："不会掉下去吧？"同学笑了笑，说："放心吧，牢得很。"谈话间，菜一盘盘上来了，爆炒小肠，脆而香；糖醋排骨，酸甜可口；油炸河鱼，芳香四溢……同学点了六个菜，我们个个吃得眉开眼笑。

吃完饭，我们边说话边走出酒楼，看到一女人热情地跟我打招呼，同学知道我近视，碰了碰我的手臂，说："老板娘和你打招呼呢。"同学接着说："老板娘就是朱美丽，是我们老同学，她还好几次提过你呢。"我诧异，惊讶朱美丽居然会开这样的酒楼，走出酒楼，我奇怪地问同学："她老公不是跛子张吗？"同学点了点头，说："跛子张年轻的时候做过厨师，自那次出事后，他终于洗心革面，凭自己的手艺开了这家酒楼，生意可好了，多家酒楼生意因此受到影响。"

听了同学的话，我心里颇感安慰。此时，正好一阵风吹来，吹来了那菜肴的清香，一阵阵的，沁人心脾。

第六辑　情感怪味豆

个人对于情感的体验，总是丰富多彩的。不同的情感体验，演绎着不同的情感故事，使得这世界，如此的精彩纷呈。无论是《倒霉的约会》，还是任何人都不想看到的一只飞蛾，或者是"兔子"所呈现出的爱情，都足以使我们的心灵起伏澎湃。

兔子的爱情

当前社会中，爱情总是要沾染上现实的色彩，《兔子的爱情》隐藏在背后的故事，使得人们不禁要问：这社会真的有纯洁的爱情吗？

兔子进天桥公司财务部没几天，就觉察到了部门主管苹果对他的热情。有好几次，兔子杯里的水没了，苹果找借口去打水，把兔子的水杯也带上，当苹果把水杯放在兔子办公桌上时，还甜甜地对兔子微微笑了笑。兔子看着苹果，再看看周围的同事，同事都对他投来了暧昧的眼神。而当他从同事口中知道三十岁的苹果还是单身时，他如一只嗅觉灵敏的兔子，毫无难度地嗅出了苹果对他的热情夹杂着男女之间特有的感情。

午间吃饭时，兔子喜欢和菠萝同进同出。菠萝曾不止一次告诉兔子，小心被苹果看上。兔子随口调侃道，说："能被苹果看上也是一种福气呢，你没看她那张圆圆的脸蛋，多像红通通的两个苹果。苹果要身材有身材，要职位有职位，真和苹果成一对，可以少奋斗几年。"菠萝听了，不怀好意地笑了笑，好久才吐出一句：苹果是咱公司有名的泼妇！"

在与苹果打了几次交道后，兔子深切体会到苹果大大咧咧的性格。有时他们工作没做好，她会毫不客气地河东狮吼，一点也不像一个待嫁的闺秀，苹果"泼妇"的外号由此而来。而兔子的内心深处，却是喜欢安静的女孩，柔柔的，有如古典小说里的女主角。当清楚自己的选择后，兔子开始有意回避苹果对他的热情。这之后，苹果几次要帮兔子打水，兔子都找借口谢绝了苹果的好意。兔子看到，苹果在遭到拒绝之后，原本微笑的脸庞顿时冷若冰霜。

兔子正苦恼如何从这场尴尬的感情中逃脱出来，看到与他一同进公司的鸭梨已经展开了对苹果的恋爱攻势，鸭梨为了讨苹果欢心，今天送巧克力，明天送围巾，在苹果生日时，鸭梨送了999朵玫瑰花给苹果，把苹果感动得当场落泪。看到苹果感情有了归宿，兔子打心眼里替苹果高兴。

苹果和鸭梨展开了闪电般的恋爱，不到两个月，两人就在办公

用我的温柔为你疗伤

室分发订婚喜糖，并定在十一国庆节举行婚礼。作为同事，兔子参加了这场婚礼，婚礼上，榴莲董事长亲自上台发表了致辞，祝愿这对有情人终成眷属。

苹果和鸭梨结婚之后，为了避嫌，鸭梨被调去了业务部。兔子依然在财务部上班。

渐渐的，兔子感到苹果对他的态度有了一百八十度的转变，最明显的转变就是哪怕兔子工作做得再好，苹果都要当着大家的面训斥他一番。周末是大家休息时间，但是苹果却要求兔子加班，计算那些永远也算不完的账目。甚至有一次，苹果以谈工作为由，要求兔子星期天到公司找她，结果兔子到公司之后，一个上午过去了，苹果才打电话给他，告诉他说："我现在有事，你可以先回去了，工作的事我们改天再谈。"听到这话，兔子内心愤怒的火焰烧得越来越旺。今天母亲专程来看望他，本打算趁周日陪母亲出去走走，却被苹果安排到公司加班，结果等了一个上午，等来的却是这样的结局。兔子内心愤愤不平，本想星期一上班时找榴莲董事长告状，却被母亲的一句"人在屋檐下不得不低头"挡了回去。想想也是，他要是跟榴莲董事长告状了，要是被苹果知道，更是吃不了兜着走。

兔子陷入了深深的忧郁中，他不知道，苹果对他的态度为何会有如此大的变化，兔子也曾想辞职离开，但想到再走出去，未必能找到工资这么高的单位，而且，眼看快过年了，这一辞职，能不能找到工作还很难说。

过了几天，传来了鸭梨被任命为业务部主管的消息。兔子听了，内心很不平静，要说工作能力，鸭梨并不比他强，鸭梨唯一的优势就是他是苹果的老公，而在董事长面前，苹果的地位不可小看。因为有这层关系，鸭梨升为部门主管也就不足为奇了。

这天，苹果再一次给兔子难堪。下班时，兔子闷闷不乐地走出办公室，忽然感到有只手搭在他的肩膀上，兔子一看，原来是菠萝。两人一起走出公司大门，菠萝见周围没人，压低嗓门对兔子说："老弟，你不知道吧？苹果内心深处只有你一个，之所以和鸭梨结婚，其实是在和你赌气，你知道为何苹果一直和你过不去吗？那是因为得不到你的爱，由此生出对你的怨恨。唉，我说你怎么就不会向鸭梨学习呢？你看，人家多老成啊，和苹果结婚之后，简直是青云直上。我偷偷告诉你啊，其实鸭梨不喜欢苹果，但是人家为了前途，懂得委曲求全，爱情事业双丰收。

回到从前

每个人的爱情世界里，总会有几个爱情故事的发生，那逝去的时光中，时光走了，爱情也走了。等千帆过尽，想回到从前，试问，这世界有情感的后悔药卖吗？

你这么好的一个女人，居然嫁到那么远的地方，我们班二三十个男同学居然都没这个福气，真是遗憾之至啊！这是他常常对她说的话。

说这话的时候，他的心里酸酸的，一股不是滋味涌上心头。之

用我的温柔为你疗伤

所以觉得不是滋味，是因为时光已经回不到从前，此时的他，已是一个 5 岁女孩的爹，而她，也已步入婚姻殿堂。

以前怎么没发现到我呢？停了一会，他又说。

发现你又咋样？我又不敢高攀。她戏谑道。这话一说完，她的心里同样涌起一股酸酸的味道。是的，即便时间回到从前，他是一个有着正式职业的公务员，而她，只是一个四处流浪的打工妹，他们也不可能走到一起。

二十多年前，他和她是同班同学。那时，他个子小小的，总是坐在第一排，那时的他，对她充满关注，对她有着美好的印象。而安静文雅的她柔柔的，虽然数理化成绩不咋的，却写得一手漂亮的字。

初中毕业后，她升入了高中，高中毕业后就到外面打工，而他，初三复读一年后，考上中专，那时的中专很吃香，考上中专等于有了一个铁饭碗。中专毕业后，他分配到当地政府部门成了一名国家干部，过起无忧无虑的生活，与她四处漂泊的打工生活形成鲜明的对比。一晃，过去了二十多年。

二十多年后的同学会，他见到了时常想起的她，此时的她，在历尽沧桑之后，有了另外一种气质。他看到她的时候，她还是那么文静，一股温柔的气息扑面而来。这次的见面，在他的心里泛起了涟漪。

看到她，他不止一次后悔没有早日跟她取得联系，说不定他们就是很幸福的一对。可是，生活没有假如，二十多年能够发生很多变化，比如让他为人夫让她为人妻，只是她的夫不是他他的妻也不是她。

同学会后，他与她时常联系，两人每天在电脑上挂着QQ，这是一个很好的聊天方式，想到的时候说上几句，不用话费不用预约，还偶尔地可以开上几个玩笑。她也是一个豁达乐观的人，他们时常聊得风生水起笑声不断，每一次聊天，他就想着，如果能和她结婚不知道多幸福呢！

那一晚，她在电脑前等她夜归的爱人，而他，有晚睡的习惯，于是，两人又开始聊着，很随意地聊着，敞开心胸地聊着，天南地北。夜深了，她和他道了声晚安，看着她的QQ头像现出了黑白。他坐在电脑前，忽然感到身子直往下掉，耳边传来呼呼的风声。过了一会，他站稳了脚跟，四处张灯结彩，他想了好长时间，才想起他和她终于要结成一对了，在他追她的时候，他的家里人持反对意见，说他应该找一个有固定工作的女孩为妻，而不应该娶一个打工妹。而他，偏不听从父母的意见，执着地要和她结婚，家人拗不过他，只得选了今天这个大喜日子让他们成亲。

他们结婚后，过了一段甜美的日子。随着孩子的出生，家里的费用增大了许多，单靠他一个人的工作已无法维持日常生活。看着无所事事的她，他的语气有了不满，他责怪她，说："你就不会去找点事做吗？单靠我一个人那一点工资，我们什么时候才买得起房子？"每次，他说她的时候，她总是闷声不响，只是默默地走开，眼里含着泪水。不知不觉，她憔悴了许多，而他，仍没有一点怜悯之心。最后，她终于不满他的态度，独自离家出走，到外面打工。

就这样，他和她没一点共同话题，守着一个名存实亡的婚姻，她苍老成一个目光呆滞的妇人，而他，顶着世俗的压力不敢跟她离婚，

用我的温柔为你疗伤

正当壮年的他，已是满头华发。看着曾经那么优雅的她如今已是一个庸俗得不能再庸俗的女人，他时常叹息……

看着她的样子，他开始后悔，后悔自己的执着，一定要把她归为己有，让她过着如此困苦不堪的生活。他真想回到从前，让她重新选择，或许她会有一个好的生活。

这样想的时候，一个洪亮的声音在他耳边回响："看到了吧？这就是你拥有她之后你们的生活现状。尘世间，分分合合合合分分都有定数，要是你选择和她在一起，你们的生活并不美好，相反，还会过着如此不堪的生活。不要追悔过去，过好当前的日子才是关键。我是时光穿梭机，看你整天郁郁寡欢，就让你回到从前，体验不一样的生活方式。现在，你该满足自己的现状了，回去吧……"随着时光穿梭机的一声呼喊，他重新飞了起来，回到了电脑桌前。

看着仍打开着的电脑，他忽然有了醒悟。从此，他充实地活着，不再有任何幻想。

莫名离了婚

莫名的一段离婚故事，给生活增添了波澜，读至最后，我们庆幸，原来是虚惊一场。唯愿这世界，能多一对爱人，能够"执子之手，与子偕老"。

叶子梅提着一包礼物敲开了芊芊家的门，叶子梅对芊芊说："芊芊，麻烦你一件事好吗？你也知道，我和我老公之间已经打了很长时间的冷战了，彼此之间感情不和，我与他协议离婚，可他就是不同意。所以，我打算起诉离婚，听说你会写文章，麻烦你帮我写一份离婚协议好吗？"

芊芊虽然早听说叶子梅和她老公之间关系不好，可真要她帮忙写离婚协议，真让她感到为难，俗话说："宁拆十座庙，不拆一桩婚"。想到这里，芊芊一下急了，使出浑身解数劝慰叶子梅再仔细想想，能凑合着过就凑合着过了。叶子梅苦笑了笑，说："谢谢你，不用劝我了。十多年了，能凑合早凑合了。我是相信你才来找你的，你不帮忙就算了，我找别人去。"说完，叶子梅转身就走。其实他们的关系芊芊也早有耳闻，这样一直拖着也不是办法，最终，芊芊还是答应了叶子梅的请求。

第二天，芊芊上网查找资料，拼拼凑凑，终于完成了一份离婚协议。她看了看自己的劳动成果，担心写的不合格，于是，当即想到了当律师的好朋友林冰，如此跟她说了一番，咨询离婚协议是不是该这样写。林冰听了芊芊的话后，并没马上答复，只大声对芊芊说："怎么就到了离婚的地步了？"芊芊脱口道："协议不了，只好起诉了。"林冰说："我现在手上正忙，待会打电话给你。"说完就挂了电话。

在等待中，芊芊继续忙其他的事去了。看看时间已经过去了半小时，林冰那边还没任何消息。芊芊急了，拿起话机正准备给林冰打电话，门铃响了，芊芊一把拿起话筒喊了起来："喂，哪位？"过了一会，一个男中音在耳边回响："老婆，是我。"芊芊一听，

用我的温柔为你疗伤

是她老公的声音。老公早上很早就去上班了，咋这时回来了？芊芊这样想着，赶紧打开防盗门，听到老公的脚步声越来越近，芊芊笑嘻嘻地把老公迎了进来。老公一进屋，芊芊正想问这时回家是不是有什么事，只见芊芊老公对着芊芊盯住不放，过了一会，对芊芊说："老婆，你还是别在家待着了，出去找份事做吧。"芊芊奇怪了，以前她想出去上班老公总是不答应，说孩子没人带，还说芊芊这样其实挺好的，可以照顾到家庭孩子，这下咋忽然叫我去上班了，芊芊奇怪道："这是为什么？莫非你失业了？"芊芊老公叹了口气，说："失业倒还不至于。你们这些女人啊，脑袋总是充满幻想。你说说，我们这日子不是过得好好的吗？咋忽然提起离婚了？"这下轮到芊芊莫名其妙了，她说她没说要离婚啊。芊芊老公急了，说："你的朋友林冰给我打电话，说你要跟我起诉离婚，叫我赶紧回来。我刚开始还想不通，后来想到你曾经和我说过，和谁谁关系不错，该不是他让你误入迷途了吧？"芊芊一听马上笑了起来，大骂老公发神经了，然后跟老公解释叶子梅叫她帮忙写离婚协议的事。芊芊老公听了，脸上终于舒展开了，说："没事就好，我上班去了。"

芊芊老公出去后，芊芊马上拿起话机，正想跟李冰打电话解释下，这边门铃又响了。芊芊心里暗想，这又是谁啊？莫非又是来做我思想工作的？芊芊拿起话筒一听，原来是婆婆的声音，婆婆住在小叔了家，怎么这下过来了？芊芊赶紧打开门，却看到婆婆带着儿子一起回来了。芊芊一愣，是不是幼儿园发生了什么事，连孩子都放学了，可是，不对呀，没接到老师的通知呀。芊芊先不管那么多了，赶紧跑了出去，拉着儿子的手看着婆婆，婆婆倒先说话了："芊芊啊，家里出什么事了？是不是阿辉打你了？要不怎么忽然想到要离婚呢？你也不看看小宝，这么小的孩子，你们离婚了他咋办？"芊芊一听，差点晕了过去，正想张嘴跟婆婆解释，婆婆接下去又说了："阿辉有什么对不起你的地方，你来告诉我，晚上等他回来我好好教训他。"听婆婆这样说，芊芊再也忍不住了，捂着肚子笑了起来。婆婆被芊芊笑得一愣一愣的，听芊芊解释完一切后，婆婆也笑了，说："怪就怪阿辉，打电话说他在上班，要我回来劝你呢，唉……"婆婆说完，拉着小宝的手说继续送幼儿园去。

刚坐定，这边电话却又响了起来，芊芊一看，是林冰打来的，还没等她开口说话，林冰说话了："芊芊啊，你再好好想想吧，我告诉你啊，两夫妻要是没到非离不可的地步，千万不要轻言离婚，多想想他的好啊，你想想啊，书上有一句话这样写'你真离婚了，有人占着咱的老公，虐待咱的孩子'，咱这是何苦呢？你先别急着做决定，我这下就赶过去，等着我啊！"林冰语速飞快地说完话之后，干脆利落地挂了电话。

刚坐定，这边电话却又响了起来，芊芊一看，是周强打来的，周强自打芊芊一毕业就开始追她了，芊芊都结婚了，他还不死心，说会一直等着芊芊的，后来可能自己也觉得有些不现实了，已经两年多没和芊芊联系了，这下忽然冒出来，不知道有什么事情。

还没等芊芊开口，周强先说话了，他的语气异常兴奋："芊芊啊，我千呼万唤，左等右等，终于等到这一天了，我听说你已经离婚了，赶紧的，带着你的身份证，咱俩这就登记去……

道 歉

如此做作的道歉，使得两个人之间，反而多了一份隔阂。两个人和谐相处的秘诀，其实只有四个字：真诚、坦诚。

林辉儿忽然习惯了不和翁勋宝说话的日子了。两人虽然同处一个房间，抬头见低头也见，可林辉儿就当翁勋宝不存在似的，不和他说话。

翁勋宝呢，知道林辉儿的脾气，在林辉儿没先原谅自己之前，主动跟她说话只会自讨没趣。所以，他几次开口，甚至已经张大了嘴巴，想说的话就差从喉管冒出来，可是，他一看到林辉儿板着的一张脸，心里先就泄了气。

林辉儿越来越感到，也许是和翁勋宝相处的时间太长了，总之，两人之间已经出现了审美疲劳，并且处于左手摸右手，没有丝毫感觉的状态了。林辉儿就觉得，这样的日子很无趣很消沉。

十八年前，情窦初开的林辉儿在一次邂逅中认识了翁勋宝，林辉儿喜欢上了这高大英俊的男孩，在她的执着追求下，两人终于确立了恋爱关系。让林辉儿倍感甜蜜的是，翁勋宝对她体贴入微，懂得哄她宠她。陶醉在爱情蜜罐里的林辉儿和翁勋宝在进行八年马拉松恋爱后，终于携手走进婚姻殿堂。结婚后，在磕磕碰碰平平淡淡的日子里，十年的时间一晃而过。试想想，在十八年漫长岁月里，六千五百七十个平淡的日子，都是对着同样一个人，说着类似的话，再好的感情也会趋于平淡。

特别这几年来，翁勋宝事业有了腾飞，整天在外面灯红酒绿，多多少少接触一些比林辉儿漂亮年轻的女人，再回来面对在家当职业太太的林辉儿，越发看不起穿着睡衣满房间跑的林辉儿了。于是，在对林辉儿说话的语气里，渐渐有了不满与烦躁。

这天，儿子幼儿园的林老师打电话给林辉儿，说六一节幼儿园要邀请几个家庭到市体育馆参加亲子运动会，林老师问林辉儿有没时间参加。参加亲子运动会需要一家三口全部到场，林辉儿不能保证翁勋宝是否有时间，所以特意打了电话问翁勋宝，电话里，翁勋宝爽快地答应了。没想到，在活动的前一天，当通知单发下来的时候，他们才知道八点就要到体育馆，而早上八点，正是翁勋宝沉浸在梦乡的时候。于是，翁勋宝生气了，埋怨林辉儿没问清楚具体时间，林辉儿想，就算没问清楚，为了儿子牺牲点睡眠时间又有什么关系，为此两人发生了口角。这以后，林辉儿赌气不和翁勋宝说话。

本来，没说话就没说话了，翁勋宝整天在外面忙碌，回家的时候也是半夜三更了，而且，他回来的时候，林辉儿已经带着孩子在另一个房间睡着了。第二天，翁勋宝起床后洗漱一番，吃点早餐，又急着出门，所以，和林辉儿一天也难得说上一两句话。可是，就在前几天，翁勋宝接到母亲的电话，说要来看望孙子。翁勋宝不想让老人家知道他们夫妻之间闹僵的事，于是，有意主动跟林辉儿

用我的温柔为你疗伤

和解。

　　这天，林辉儿正在家里搞卫生，门铃响了。她打开房门，看到门口站着一个时髦女郎，时髦女郎手里捧着一束花，看到林辉儿，女郎轻启朱唇，热情地说："林姐，您好。"林辉儿只觉自己如坠云里雾里，她奇怪地看着门口站着的女郎。女郎礼貌地对林辉儿说："林姐，我可以进去坐坐吗？哦，对了，是您丈夫翁总委托我过来的。"林辉儿听对方说得有模有样，先把对方让进屋里。

　　女郎落座后，对林辉儿说："林姐，我先做个自我介绍。我是一名专业道歉人，今天，您先生到我公司，说了和您之间闹别扭的事，翁先生有意与您和解，可是，他又碍于面子，觉得不好跟您开口，于是，委托我来向您道歉。他要我转告您，其实他是爱您的，只是因为一时冲动，对您有了不好的态度，他真诚祈求您的原谅。"女郎说完，用双手捧起鲜花，递到林辉儿面前，说："这是翁先生特意送给您的，请您收下。"

　　到了这时，林辉儿终于知道是怎么一回事了，她站了起来，客气地对女郎说："不好意思，我还有事，请您离开。还有，麻烦您转告翁先生，我不喜欢这样的道歉方式。其实，我心里早原谅他了，只要他先开口跟我说话，心里也就没什么怨气。俗话不是说么：夫妻之间床头吵架床尾和。可是，今天他的做法伤了我的心，难道他就不会真诚跟我道个歉，还要请什么专业道歉人来粉饰他虚荣的内心。你放心，我会等他回来的，不是等他回来和解，而是等他回来签离婚协议的……"

我看到了一只飞蛾

　　每个人对婚姻的选择不同，我们同样无法指责他人的做法。只是那天使般徐徐坠落的靓影，在诉说着飞蛾扑火的一个故事。

　　"梅子，我要嫁人了。"雪儿横躺在沙发上，大大咧咧跟我宣读这惊天动地的一语。

　　"不要信口开河。"我狠狠地骂了雪儿，"说点有意思的话题好不好"。我说。

　　我们刚刚高三毕业，刚刚同时收到大学录取通知书，刚在编织绚丽多彩的大学生活情景呢。雪儿真会开玩笑。

　　"我可没骗你，你也不帮我想想，我们家供得起我上学费用吗？"雪儿说。

　　雪儿家很穷，这是众所周知的。年年都要村里给他们家救济些粮啊款的，雪儿上完高中已令她家债台高筑，又哪有钱供她上大学呢？

　　"趁还没开学，明天你陪我去签合同吧，收拾下行李"。雪儿说。

　　签什么合同呀？还收拾行李？我莫名其妙，想问雪儿，她一跃而起，哼着歌走了。

　　我跟着雪儿坐了两天两夜的火车到了一座美丽的城市，从山旮

用我的温柔为你疗伤

晃走出的我们被这美丽的城市深深吸引了。雪儿张大嘴巴呼吸这城市的气息。雪儿说："跟我们家比起来，真是天上地下，能在这大城市生活也不枉我来世一遭。"雪儿表现出了极度的兴奋。

同村的林嫂早在车站等着我们，林嫂带我们上了的士，带我们坐了电梯上了 13 楼。打开房门，宫殿般的气势令我望而却步。雪儿大大咧咧走了进去。

进去我才知道，林嫂在这家当保姆。高贵华丽的女主人热情接待了我们，在她边上还有一位二十多岁的男孩，歪着头咧着嘴傻笑，看到我们来了，他把舌头伸出老长。看得我毛骨悚然。雪儿似乎熟视无睹。

女主人拿出一张纸给雪儿，有点傲慢地跟雪儿说："看仔细了再签字哦。我们这样的家底林嫂最清楚了。"

我凑近仔细看了看，原来是一纸婚约合同。合同上大体意思是说女主人供给雪儿四年大学生活的所有费用，供给雪儿家一大笔钱，前提条件是雪儿毕业以后跟她那自小患小儿麻痹症的儿子结婚。

雪儿走马观花看了一遍，拿起笔就要签字。

这时，我忽然看到雪儿变成了一只飞蛾，扑哧着灰色的翅膀，向着熊熊烈火飞奔而去……我惊出了一身汗，大声叫着："雪儿……"

几个人瞪着鸡蛋大的眼睛奇怪地看着我，包括雪儿，雪儿疑惑地问："怎么啦你？"

出来的路上，我问雪儿："你想好没有？跟这样的人过一辈子？"

"女人嘛，跟哪个男人不是睡觉，再说，他们这样的家境，我们祖祖辈辈奋斗几百年都不一定能够达到。现实点吧，我的大学生。"雪儿对我说。

我无语。

再一次见到雪儿，已是六年后的一天。

雪儿衣着鲜艳，浓妆艳抹，一头褐色头发倾泻而下。她坐在沙发上，跷起二郎腿，点了一根烟，烟雾缭绕缥缥缈缈四处荡漾开来。

"雪儿，过得好吗？"我关心地问。

"什么好不好呀，生活就是这样，有吃有喝有得乐，我已经知足了。"雪儿说。

"就你那老公……"我有点不屑一顾。

"你以为我真守着那个傻瓜呀？告诉你，现在流行找情人……"雪儿有点浪荡地笑着。

唉！我深深叹了口气。

……

接到林嫂打来的电话，我整个人都惊呆了。

林嫂告诉我，就在雪儿和她情人在床上亲热的时候，被她婆婆逮了个正着，雪儿被痛打了一顿，再以后，总有人不紧不慢形影不离地跟着雪儿。雪儿受不了，从13楼跳了下去。

"都怪我，我不该牵这条线……"电话那头，林嫂痛哭流涕。

我手里的电话无声滑落，我神情恍惚，自言自语着："飞蛾死了，死了……"

跟　踪

很多女人，面对身边的男人，总是疑心四起。于是，相信很多女人在演绎着《跟踪》的故事。相信，故事的背后，总有着温情故事的发生。

他每天早上去上班，下午六点准时回家。

可最近这几天，她盼花了眼，还跑到楼下等了许久，就是没看到他的身影。看着满满一桌精心为他烧的饭菜，她感到很失落。

好不容易挨到八点，她的肚子早饿得咕咕叫，才看到他一脸平静地走了进来。她试探地问他："去哪了？"他心不在焉地"嗯"了一声，有点搪塞地说："嗯，事情多，男人总得放松放松嘛。"

接下来的日子，他还是一如既往地推迟两个小时回家，她不高兴了，对他抱怨着，没想到他反而生气了，说："以后不用等我了。"

他的话让她躺在床上辗转难眠，那句"男人总得放松放松嘛"无时无刻不在她的耳边回响，难道他背着我在外面找情人？她这样想。

这天下午五点，她打车来到他上班的单位门口，焦急地等了十几分钟，终于看到他潇洒地走出了大门，看着他打开车门上了车，她急忙拦了一辆的士，"砰"一声关了车门，并交代司机："快点，盯住前面那辆车。"

此时正是下班高峰期，街上熙熙攘攘车水马龙，她跟在后面眼睛牢牢盯着前面那辆车。他的车在前面拐了好几个弯，她的车也不疾不徐地跟着。

车驶到了海边，"嘎"一声停下了。她扔给司机一张钞票，说："不用找了。"就急急下了车，躲到旁边的一棵树底下，心底不禁佩服他会选择地点，在海边约会，是一件多么温馨浪漫的事啊。

她注意他的一举一动，只见他缓缓走到海边防洪堤坝上，眼睛一动不动地眺望着大海。她瞅了瞅四周，并没看到有女人走过来。

时间一分一秒地过去，她盼望中的女主人公却没有出现，却见他在海边陶醉了的样子，过了一会，只见他转过身来，两手在嘴边做出了喇叭状，朝着她躲藏的地方大声喊了起来："老婆，出来吧！我每天都要到这放飞心情，过来陪我一起倾听海浪的声音吧。"听了他的呼叫，她有点不好意思地站了起来，她好奇地问他："你每天失踪两个多小时，就是过来聆听海浪的声音呀？"

"是的，老婆，你不知道，最近我的工作压力太大了，感觉很压抑。我不想把不快带给你，到这来透透气，现在已经感到舒服多了。原谅我，老婆。"他动情地说。

"傻瓜，我怎么会怪你呢！只是希望，我可以和你一起分享快乐，分担痛苦，好吗？"她依偎在他身边，深情地对他说。

十号地铁

十号地铁，亦是人生的十字路口。人生难能可贵的一件事，无非是情感路上的回归。

女孩下了巴士，站在路口。冷冽的风迎面扑过来，在女孩的脸上手上搜刮着，女孩感到一阵阵刺骨的疼。

女孩第一次坐飞机从南方到北京，只为了参加一场笔会。按照邀请函上写的，女孩要在三元桥换乘 10 号地铁到会议地点。出门在外，女孩其实可以打的，但女孩没坐过地铁，她不想放过跟新事物接触的机会。刚才，女孩坐大巴到三元桥下车，女孩环顾四周，没看到地铁站点，女孩看到路边的行人，不放过询问的机会。女孩在问路的时候，看到边上站着一个男孩，男孩身穿一件大衣，手里提着一拉杆箱，男孩的头发在北风的侵扰下，向左歪斜着。女孩问完路刚想走开，听到男孩对她说："你也要去坐 10 号地铁吗？"女孩点了点头。男孩惊讶不已，说："太好了，我也是。"女孩欣喜若狂，全然把家里人"不要跟陌生人说话"的叮嘱抛之脑后。

两人边走边聊，当得知对方也是来参加笔会时，两人一阵欢呼。女孩感动地说："没想到在这寒冷的北京街头，我们就这样相遇了。这是一件多么浪漫的事啊！"男孩赞同地点了点头。

两人找到地铁站点，男孩先去买票，男孩很热情，要帮女孩也买一张，女孩却委婉地拒绝了。不无缘无故接受别人的馈赠，是女孩的个性。女孩自己掏钱买了张票，两人一同上了地铁。地铁徐徐开动，发出有节奏的声音。每到一站，地铁都很平稳地停下，让旅客从容地上下车。女孩和男孩就这样站着，惬意地聊着。

到了会议地点，主办方给他们安排了住宿。接下来是两天会议的议程，只有到了晚上吃完饭，才有属于自己的时间。男孩主动来找女孩玩，他们谈文学，谈理想，谈故乡的往事。

第三天是会议结束的时间，当天晚上，大家各自忙着收拾行李。女孩听说酒店到机场很远，而且经常堵车，女孩想到时坐地铁到机场，可是，女孩又记不住地铁站点在哪里了。男孩主动对女孩说："要不我现在陪你去认路？"说完，男孩拉起女孩的手，沿着来时的路，去寻找 10 号地铁站点。

晚上，北京的街头，寒风更加刺骨。男孩陪着女孩，夹杂在熙熙攘攘的人流中。女孩一转身，看到男孩的脸被冻红了。女孩关心地问："冷吗？"男孩笑了笑，说："还好，就是手有点冷。"女孩听了，从手上脱下一只手套，说："给你一只。"男孩笑了笑，说："我不戴，你戴吧。"女孩看男孩坚持不肯戴，自己又重戴了起来。这时，男孩幽幽地说："不知道多年后，你会不会想起，在北京的街头，我们一起寻找地铁站点的往事。"男孩说完，眼眶有了潮湿。女孩不敢看男孩的脸，却感到自己的眼前亦是模糊一片。

两人回到自己所住的城市，相互加了QQ。有时男孩不在QQ上了，女孩就会觉得食之无味，同样，哪天女孩出差了，看着暗淡的QQ头像，

用我的温柔为你疗伤

男孩也会不知不觉拿起手机，给女孩发短信。

这样过了两年，男孩和女孩终于克服重重困难，结合到一起。不久，他们有了爱情的结晶，这时的男孩，变成了男人，而女孩，也变成了如水的女人。生活的窘迫，让男人每天没日没夜地加班。为了家庭，男人放弃写作，全身心地投入到工作中，为了应酬，男人每每半夜才回家，男人还没回来的时候，女人就躺在床上看书，等着男人回来。看到男人回来了，女人想跟男人说说话，却看到男人往床上一躺，马上打起鼾声。女人看看男人，再看看自己手中的书，落寞地叹了口气。

写作依然是女人的最爱，每次写作，女人的心总能得到一份宁静。女人不带功利性质的写作反而使她写出一篇又一篇好作品。就在这时，女人认识了一位叫伟的作家，女人经常得到伟的指点。这之后，女人与伟谈论文学成了家常便饭，甚至哪天没跟伟说上一句话，女人就觉得心里堵得难受。女人觉得伟是有着丰富内涵的人，不像自己的男人，缺失了文学的气质与修养。

这天，伟约女人到外面游玩，女人答应了。两人见面后，在伟的带领下，他们来到一个地铁站点，伟说："我们坐 10 号地铁到达景点。"听到 10 号地铁，女人心里一阵惊悸，女人想起了多年前，她和男人一起寻找 10 号地铁站点的经历。10 号地铁来了，伟上了地铁，女人一愣神没跟上，车门逐渐关闭，伟在里面大声呼喊着，女人站在站台上，耳边却响起了那首熟悉的歌，是黄征的《地铁》："地下铁的心脏这相遇的地方，它看见我曾和你轰轰烈烈爱一场……地下铁这相爱的地方，它看见我曾为你来来往往的痴狂……"

林妹妹

一场误会，给生活增添很多趣味。而生活，有时需要这样的调味剂，才使得生活不至于太过呆板。更能从另一方面，衬托情感的真诚。

李文在一家公司任业务主任，平时有很多应酬，晓莉也在一家单位上班。自从他们有了宝贝儿子以后，晓莉的母亲就跟女儿住在一起，帮他们照看外孙，料理家务。

这天，老太太忙完家务正目不转睛地看古装剧，要说这老太太平时也没什么爱好，但对古装剧有一种痴迷的热爱。这下她正看得入神，听到边上女婿的手机信息提示音响。她一看，女婿在浴室洗澡，而女儿在书房上网，她担心有什么重要的事，于是拿了手机就要叫女儿送去。

老太太拿起手机，眯着眼睛往屏幕上扫了一眼，这一扫不要紧，屏幕上的字让老太太的心"咯噔"了一下。她的脸马上黑了下来，不高兴地把手机扔到沙发，心里却再也平静不下来。

过了一会，李文洗完澡从卫生间走了出来，老太太目不转睛地盯着女婿的一举一动，看李文到处东张西望，知道李文在找手机，她赶紧又把视线放在屏幕上，视线的余光却不离李文的身影。李文到处找了一遍，还是没找到手机。他不禁自言自语道："真是奇怪了，手机明明放桌上这下长脚了？"老太太听了，嘴巴咕咚了一句，说：

用我的温柔为你疗伤

"手机长脚，我看你还长翅膀呢！"在一边的李文就听到老太太后面的"长翅膀"三个字，他愣了一下，好奇地问道："妈，您说什么长翅膀啦？"老太太不高兴地说："我没说什么。"李文忙着找手机，没注意到老太太的脸色，他禁不住问了一声："妈，您见我的手机了吗？"老太太却假装没听到，装作津津有味看电视的样子，边看还边大声叫起来："演得好，演得好，找那么多老婆，活该！"李文见老太太电视看得入迷，不再惊搅，自己绕着房间找了一圈，最终在沙发角落找到了手机。

李文边把手机放口袋边对老太太说："妈，我出去下，待会您跟莉莉说下。"说完，李文拉开房门走了出去。老太太见状，先是愣了下，用眼瞟了一眼在书房上网的女儿，想了想，抓起钱包也往楼下赶去。李文走了一段路，感到后面好像有人在若即若离地跟着，他假装不知道，等匆匆走了一段路后猛地停了下来，跟在后面的老太太只顾赶路，没料到这一招，硬是被李文吓了一大跳。借着街上路灯散发出的微弱的光芒，李文定睛一看，是自己的丈母娘。他有点摸不着头脑地说："妈，您去哪？"老太太正不知道如何跟女婿解释，见女婿在问，支支吾吾地说："我，我去买包盐巴，盐巴用完了。"李文说："您要买盐巴，小店铺在那边，您不是经常上那买吗？"老太太一阵心慌，措手不及地说："哦，是在那边，你看我老糊涂了。"李文笑了笑，关心地说道："晚上路黑，您小心点。"说完，转身走了。

老太太愣在原地，轻轻地叹了口气，说："唉，老了，不中用了，一点小事都办不好。"边想着，边垂头丧气地走回家。家里晓莉上网出来，看到外面空荡荡的，母亲不知上哪去了，于是边找边喊着：

"妈，妈。"正喊着，见门被推开了，母亲满脸不高兴地走了进来，她奇怪地问道："妈，您上哪去了？"老太太坐下，边喘着气边说："没去哪，对了，你打个电话，叫李文马上赶回来，我有话跟他说。"晓莉笑了笑说："李文早上就跟我说了，他哥们请他喝酒呢，有什么话等他回来再说吧。"说完，却看到母亲很不开心的样子，知道她的犟脾气又来了，不敢惹她不快，赶紧给李文打了个电话。

这边李文刚走出小区大门，接到晓莉要他赶回去的电话，听语气很是焦急，于是一路小跑着回到家。

"什么事啊？这么急地把我叫回来。"一进家门，李文气喘吁吁地问道。

"你先坐下，妈有话跟你说。"晓莉向李文努了努嘴，李文看到丈母娘气呼呼地坐在一边，不敢吭声，小心翼翼地坐了下来。

"李文，别以为妈妈老了，心里清楚着呢！"老太太看了看李文，长长地叹了口气，接着说："刚才你的手机来了一条信息，我原想把手机拿给你的，没想屏幕上显示的是'西宫小兰'发来的。李文啊李文，别以为你模仿古代皇帝那样编排出东宫西宫的，妈就不知道。我可是天天在家研究古装片的专业人士啊，你这点小伎俩怎能骗得了我？你快老实交代，这个'西宫小兰'到底是哪个野女人？是不是还有东宫的……"到这时，晓莉才知道原来母亲是为了这事，听到这里，她再也憋不住，"扑哧"一声笑了出来，再回过头来看李文，只见李文涨红了脸，结结巴巴地说："妈，您在说什么呀，什么东宫西宫的。我的手机里存有两个小兰的名字，我怕把她们混淆了，就做了注释，这个小兰是我的一个老乡，也就是西宫村的那个小兰，您看您说哪去了。"

倒霉的约会

这是有意为之，还是生活之中的巧合。这些都不那么重要，重要的是，最终，是不是有情人会终成眷属？

我，徐海双，各方面条件都不错，可就这 165CM 的身高影响了市容，都快奔三的人了，却还不知道恋爱的滋味。后来，老妈也懂得了包装的效应，掏出了家里所有的积蓄给我买了辆大奔，然后又求七大姑八大姨帮我介绍对象。

星期天一大早，姨妈就打电话过来了，交代我上午十点到南孚公园跟一女孩子见面。刚挂掉电话，姑妈走进门来，说下午三点准时到"我家咖啡"，她也介绍了个女孩与我见面。

我高兴的心突突直跳，好不容易挨到快十点，我迫不及待地钻进车门去赴约。说起来，南孚公园就在我家对面，走上两分钟就到了。可不行，今天说什么我也得开着大奔去，说不定那个女孩对我没好感而对大奔产生好感，我们不就有戏了。我开着车绕了一圈到了南孚公园，看看将近十点了，我把车停在门口走了进去。按照姨妈说的在里面一个叫作"茶轩"的凉亭里见面，女方手里拿着一本《围城》杂志。我走了进去，果真看到里面坐着好几个女孩，其中有两个女孩身边放着杂志，我慢悠悠地从他们身边踱过去，想看看书的封面。看到了，第一个女孩边上放的正是《围城》，我心里暗暗窃喜，靠着女孩的身边就要坐下去，一眼瞥见边上的另一位女孩在津津有味地看着书，一看也是《围城》。我顿时乱了方寸，不知道哪位才是我相亲的对象，我偷偷地来回看了看对方，还好长得都还算可以。我想起姨妈跟我提起过女孩的名字，叫霁文霞，为了验证对方的身份，我微笑地对着第一位女孩，以试探性的口吻说："请问，您是霁小姐吗？"对方翻了翻眼皮，没好气地说："你才是妓呢！神经病。"说完，收拾行李走了。我脸红脖子粗局促地站在那儿，恨不得找个地缝钻进去。这时，我听到一阵"咯咯"的笑声传过来，正是那个认真看书的女孩，只见她大大方方地对我说："你好，徐先生吗？我是文霞。"这下好了，我开心地笑道："你好。我终于找到组织了。"霁文霞微微笑了笑，说："怎么，你走路过来的？"我忙献殷勤地说："我开车来的，车就停在外面，要不我们一起去兜兜风？"霁文霞很有涵养地轻启朱唇，说："不了。徐先生，不好意思，我对你没感觉。我还有事，先走了，拜拜。"硬是把我傻傻地晾在那儿。等我清醒过来的时候，我狠狠地对着她的背影嘀咕："神气啥呀！对我没感觉，当尼姑去吧。"一想起下午三点还有个约会，刚才的不快跑得无影无踪了，我又开心地哼起了歌曲。

　　到了下午二点，铁哥们大伟急匆匆找上门来了，说："双哥，快，大奔借我奔一趟。"我没好气地说："奔你的大头鬼。我等着开大奔去约会，不行不行。"大伟平时对我随便惯了，一眼看到我腰上的钥匙，硬是卸了下来。他边走出去边说："你放心，我去去就来，我自行车寄你这，保证让你赶上约会。"话说到这份儿，我也不好

用我的温柔为你疗伤

拒绝，看看离约会还有一个小时，心放宽了许多。时间一分一秒过去了，转眼到了两点五十分，大伟再不回来就来不及了。我赶紧给大伟打了电话，大伟在电话那头使劲道歉："对不起啊双哥，大奔不小心与一辆别克发生接吻事故。"我家咖啡"不就在你家斜侧面吗？要不你骑我的自行车去，别把事儿耽误了。"我气得七窍冒烟，眼看时间来不及了，只有骑上大伟的自行车往"我家咖啡"赶去。咖啡厅里优雅温馨，我看了看，人家大多是情侣，只有靠边窗户坐着一位女孩，看来非她莫属了。我走了过去，面对着她坐了下来。就在这时，我们双方惊讶地张大了嘴巴，互相"你，你"的说不出话来，这不是"霁文霞"是谁？我只有嬉皮笑脸地戏谑道："看来我们真是有缘啊，就交个朋友吧！"霁文霞显然也相信缘分之说，爽快地说："好吧，就给你一次机会。对了，你不是有车吗？要不，我们去'海上花园'逛逛。"一听她这样说，我的笑容马上僵住了，憋着脸说："好啊，这建议好。我先上洗手间，马上就来。"到了洗手间，我立刻给大伟打了电话催促他，大伟哭丧着声音对我说："双哥，实在对不起了，还在等交警来处理呢！"我差点晕了过去，灰溜溜地走回座位旁，歉意地对霁文霞说："真不好意思，我的车被一位朋友借走了，出了点交通事故来不及赶回来。下次吧，下次我再陪你去，好吗？"霁文霞一听，脸马上拉了下来，说："我说徐海双啊，没车就没车，干吗撒谎呢！我并不是那么势利的人，你不至于要如此欺骗我吧？跟你说吧，我原打算和你交往一段时间的，可实在忍受不了你如此戏弄我。我想，把我一辈子的幸福交给这么一位不诚实的人，我自己也不放心的，拜拜。"霁文霞说完，气哼哼走了。

只留下我一个人，傻愣愣地待在那儿……

第七辑　离不开天空的云

难道分手以后谁都不后悔？我连做梦都是你的美。如今你会是谁的谁，离开你就像离开天空的云。分手以后我的眼睛只剩泪，生活渐渐没有了滋味……

意乱情不迷

尘世间，总有一些情感是让人感动的，如文中的男主人公。那摇曳的红酒，沉淀着一段逝去的情感。

女人在客厅里走来走去，心里犹豫不决，看着边上天真无邪的儿子，女人的心隐隐作痛。

男人出车祸死了，女人一直带着三岁的儿子过日子。本来，女人自己开服装店，生意还可以，可眼下，边上又开了几家服装店，女人服装店的生意一日比一日惨淡。

用我的温柔为你疗伤

眼看明天幼儿园就开学了，儿子读的幼儿园，学费每个月1000元，交四个半月，开学以后，还要参加这个那个培训班，没5000块钱根本进不了幼儿园。

女人苦思冥想，正想着对策，这时，儿子开口了，说："妈妈，我明天要上学了，是吗？"女人怜爱地摸了摸儿子的头，强装微笑地点了点头。"耶，太好了，我要上学了，我要上学了。"儿子边叫边开心地蹦了起来。

晚上十点了，女人看着熟睡中的儿子，想了想，终于拨通了男人的电话，男人"喂"了一声，等女人开口。女人说："我，我想跟你借钱。""说吧，要多少？"男人爽快地说。"5000。"女人说。"好吧，我正在你家附近的瑰丽酒吧，'意乱情不迷'包间，你过来吧。"男人说。女人听了，愣了愣，她知道，男人这话包含的意义。女人知道，男人想她很久了，一直在对她单相思，可男人有老婆，所以女人对男人始终保持不冷不热的态度，男人不敢有非分之想。

女人沉吟了一会，终于"嗯"了一声。女人挂掉电话，下了楼梯，来到马路对面的瑰丽酒吧。女人按照男人说的地点，来到"意乱情不迷"包间。女人轻轻地敲了敲门，过了一会，门开了，女人走了进去，他看到，男人正独自喝酒，一股淡淡的香味扑鼻而来。女人知道，这是男人的最爱。女人不动声色地走了进去，也倒了一杯，说："来，我陪你喝一杯。"说完，女人仰着脖子一口喝了下去。男人也默不作声地喝了一杯，喝完，男人举着酒杯对女人说："知道我为什么这么喜欢它吗？因为它高雅，独特。只要喝一口下去，尘世的喧嚣，都可以抛之脑后，而自己的精神状态，也好像提升了许多。"女人静静地听男人说话，默默地点了点头。"钱在桌上，你拿走吧。趁我还没后悔之前，快走吧。"男人说完，又倒了一杯酒，咕嘟咕嘟地喝了下去。女人看着男人，轻轻地咬了咬嘴唇，说："那我先走了，你别喝太多。"说完，女人真的离开了包间，轻轻地关了包间的门。在门关上的那一刻，女人听到，包间里传来男人的一声号啕大哭。

　　三个月后，女人打了男人的手机，说："晚上八点，瑰丽酒吧'意乱情不迷'包间等我，我把钱还给你。"晚上八点，男人准时来了，男人推开房门，顿时闻到那股熟悉的酒的香味。男人不动声色地走了进去，看到女人正独自在喝酒，男人随手倒了一杯，对女人说："来，我陪你喝一杯吧。"喝完，男人看到女人从钱包里取出钱，女人轻轻地把钱放在桌上，说："这钱该还给你了。"男人看了看钱，说："你先拿去用吧，我这边还有。"女人笑了笑，说："你就别骗我了，你的情况我知道。"女人猜得没错，男人的公司受金融风暴的影响，倒闭了，还听说男人的老婆卷着所有的财产跟别人跑了。男人强撑着笑了笑，那笑却很别扭，男人说："既然倒闭了，又不差这5000块。"女人说："那不一样，这叫有借有还。"女人说完，轻轻地对男人说："今晚，我陪你好吗？"男人摇了摇头。女人奇怪了，说："你不是希望有这一天吗？"男人说："以前是，现在不是。"女人糊涂了，说："以前和现在有什么不同？""以前，我有条件让你过得开心，所以是真心地想拥有你，可是现在不一样了。"男人说完，低下了头。"可是，对我来说，以前跟现在是一样的。"女人说。"你是女人，你不懂。"男人说完，把钱推了过来，说："我知道你需要钱，这钱先放你那边吧，相信我会好起来的。"男人说完，恳求地看着女人。

用我的温柔为你疗伤

女人点了点头，把钱重新又放回包里，说："我相信你，我等你。""你知道吗？我们之间的感情，就好比这酒，澄澈透明，不能有丝毫的污染。"男人停顿了一会，对女人说。女人看着男人，看了许久，终于轻轻地吐出一句话："谢谢你。"女人说完，走了出去。女人走到门口，擦了擦眼角的泪水，她动情地回过头来，一眼瞥见桌上的那瓶酒，发出迷人的光彩。

半床棉被

虽是半床棉被，却写满沉甸甸的爱。半床棉被，牵扯着女人对男人浓浓的爱意。

韩超与雅婷是在一次邂逅中认识的。那时正是南方最冷的天气，雅婷身穿一件质地高档的貂皮大衣，高挑的个子衬托出妙曼的身姿，那双灵动的眸子透出了水一样的清澈。他们四目相对的时候，韩超的内心顿时涌动着一股莫名的兴奋与躁动。"众里寻她千百度，蓦然回首，那人却在灯火阑珊处"。韩超知道，自己是爱上了面前的这个女子了。

接下来的日子，韩超对雅婷发起了猛烈的进攻，每天一束鲜花，一封情书炮轰得雅婷心旌摇曳。终于，在一个月朗星稀的夜晚，韩超搂着雅婷细小的腰肢，从兜里掏出了一个精致的盒子。他打开盒子，从里面拿出了一枚闪闪发光的钻戒，小心翼翼地把它戴在雅婷的手上，轻轻地问道："婷，我要你成为我的新娘，好吗？"雅婷并不回答韩超的问话，而是娇羞地扑进了韩超的怀里。

于是，一年后，韩超和雅婷携手步入了婚姻的殿堂。婚后，小两口和和美美地过起了小日子。

一天晚上，韩超半夜醒来，他下意识地用手往旁边一抱，边上空空的，雅婷不见了。韩超"啪哒"一声开了台灯，一看，雅婷身上盖了床薄薄的毛毯，躺角落去了，韩超再一看自己，厚厚的一床棉被被自己卷在了身上。韩超一拍脑壳，心底涌上一股内疚感，怪自己单身的日子过惯了，养成了不好的睡眠习惯，让雅婷受委屈了。韩超悄悄地为雅婷盖好被子，没想被子一动，把雅婷弄醒了。韩超爱怜地对雅婷说："老婆，你看我睡的，实在不像样子，你为什么不把我叫醒？"雅婷轻轻地打着哈欠，温柔地说："没事的，这么多天下来，我算是领教你的厉害了。我怕把你吵醒，就去橱里找了条毛毯盖上，没事，睡吧。"说完，一转身又睡着了。韩超呆呆地坐在那里，从内心深处涌起一股暖暖的感动。

从那以后，韩超在临睡前，都要自己告诫自己："晚上可不敢这样了，一定要中规中矩地睡觉，不然，把雅婷弄感冒了可不是闹着玩的，良心不安啊！"可说归说，每次韩超从睡梦中醒来，依然发现自己把整床棉被卷在身上，雅婷依然单薄地躺角落里，手脚冻得冰凉冰凉的。唉，几十年的习惯看来一时半会是改变不了的。

转眼，三年的时间过去了。这三年的时间里他们也有了一些变化。首先，韩超当上了单位的一把手，然后，他们的宝贝女儿出生了，雅婷原本娇嫩的脸上也多了几道皱纹。

用我的温柔为你疗伤

　　韩超当上一把手以后，在外面的应酬也多了起来，每次应酬，他都带上自己的秘书藜娜。藜娜大学毕业后分配在他们单位，拥有着魔鬼身材，全身焕发出青春气息。韩超看到藜娜的模样，禁不住就想入非非，藜娜也故意投怀送抱，两人深深堕入了爱河，而且爱得难分难舍。而这些事情雅婷一直被蒙在鼓里。

　　这天，韩超对雅婷撒了个谎："老婆，我要外出学习，一周以后才能回来。"

　　然后，韩超带着藜娜到外面游山玩水，两人以夫妻的名义游名胜古迹，品人间美食。到了晚上，两人一身疲惫地入住一家山庄客栈。他们舒舒服服地洗了个热水澡，一阵激情过后，双双进入了甜蜜的梦乡。

　　睡到半夜，韩超感觉浑身凉飕飕地，一激灵，醒了过来，一摸自己的身体，死人一样的冰冷。他迷迷糊糊地睁开眼睛，开了台灯，发现自己身上光秃秃的，赤身裸体地躺在床上，再一看，一床棉被被藜娜卷在身上，拉都拉不动，韩超轻轻地叫着："藜娜，藜娜，醒醒。"藜娜翻了个身，"嗯"了一声，又打起了均匀的鼾声。韩超有点生气了，把藜娜推到角落，自己拽过半床棉被，重新躺了下去。迷迷糊糊中，韩超梦到自己到了一座冰山脚下，全身冷得发抖，他使劲地哈着手跺着脚也无济于事，醒过来一看，半床棉被又被藜娜拉了过去，卷在身上。

　　这一夜，韩超一点没睡好。天亮的时候，他一边刷牙一边向藜娜诉了苦。藜娜嘻嘻地笑着，对韩超说："我很小的时候就养成了这样的睡眠习惯，好啦，晚上让你就是了。"

可是到了半夜，韩超依然被冻醒。他起床一看，乖乖，整床棉被依然被卷在藜娜身上。韩超一骨碌坐起来，冷得上下牙齿咯咯响。韩超一时没了睡意，睡眠不足加上受了风寒，他坐在那一直打着喷嚏，鼻涕眼泪一直流。

他们原来说好出来玩一个星期的，才玩了两天，韩超就忍不下去了，收拾行李打道回府。

雅婷看到韩超回来，高兴得如一只快乐的小鸟忙上忙下，为韩超拿行李递毛巾，嘘寒问暖。他看到韩超一直打喷嚏，关心地问："怎么了，感冒了？"韩超"嗯"了一声，没好气地说："外面不好玩，还是家里舒服。"

暧　昧

如果以暧昧的方式纪念错过的爱情，你会接受吗？爱情，要么就坦坦荡荡，既然错过，不妨潇洒地和以往的时光说声"再见"吧。

他们谁也没有想到，二十年后，他们会再次见面。

他们共同的母校的草地上，树影婆娑，他面对着她，她面对着他，他说："你还是没变。"她说："你变胖了。"然后，两人相视一笑。

这是二十年后的第一次见面，坐在草地上，他们互相感叹，要不是那场同学会，也许，这辈子他们都没有见面的机会了。

这不是危言耸听，他们虽然出生在同个村庄，可初中毕业后，

用我的温柔为你疗伤

他考上了本省的一所中专院校，而她外出求学。几年后，参加工作的他调了几个工作单位，她也找到了自己的归宿，在外面安了家。他们就像两条平行线，几乎没有交叉的可能。

同学会上，失散多年的同学都聚到了一起，他看到了她，看到她熟悉的脸庞，想起读书时代对她的好感。那时，她腼腆、文静。那时的他，个子小小的，总是被老师安排坐在第一桌，众同学中，她的沉默寡言引起了他的关注。

只是初中毕业以后，他们各自在属于自己的跑道上奔跑，再也没有联系。转眼，这一路的奔跑持续了二十年，二十年的岁月长河，他不曾遇见过她，她也不曾想起他。

同学会上，她还是那么温柔，那么善解人意，于是，埋藏在心底的那份往日情怀，终于又一点一滴地冒了出来。他想起了家里时刻念叨着的妻子，一点芝麻小事也会念叨上半天，这份念叨，让他时刻想着逃离那个家，或者根本就不想去面对。

精神找到了寄托点。于是，他时不时找机会跟她联系，聊一些儿时趣事，聊一些身边铁闻。她静静地听着，偶尔会插上几句。久而久之，接他的电话成了习惯，要是几天没听到他的声音，她的心里就会隐隐不安。这么多年过来了，她习惯了丈夫对她的冷漠，这一成不变的婚姻生活让她感到疲惫与倦怠，而他的出现，无疑给她平静的水面扔了块石头，水面上现出多彩的涟漪。

那一次，她回家办事。出发之前，她跟他取得了联系，车停下时，她一眼看到在路边等待的他，炎炎烈日下，他被晒得满脸通红。看到她走下车，他满脸欣喜，他用私家车带着她穿梭在家乡的道路上，他们到了办事地点，他噔噔地走在前面，找到相关工作人员咨询。当得知办公地点在三楼，他噔噔的又跑在前面，她还没进办公室，他已经在向工作人员咨询了，等她进去的时候，他已打理好一切，叫她把表格拿出来盖章。看到工作人员在表格上盖章，她的心里涌起一股暖流。

办完事情，他们要走过一条马路到对面吃饭，她撑着雨伞，却看到烈日下他脸上的汗珠，那闪闪发光的汗珠，惊悸了她的内心，为着这淳朴的同学情，她感动着。

他们分开后，他想着她，她也想着他，两人总是心有灵犀，一有时间就互发短信，后来，只要半天没收到对方的短信，她内心就躁动不安，而他也一样，好像少了什么东西似的。随着时间的推移，他们说话的口气变得不再拘束，互相开着玩笑。

有一天，她忽然坐在电脑前发呆，她在反思跟他的这种关系，不知道要界定在什么关系之间。想着，她的心里忽然觉得隐隐不安，是的，她有自己的家庭，而他也一样。她担心这样下去，自己会越陷越深。于他们而言，拆开各自的家庭走到一起几乎不可能，他不会这样做，她也不会这样做。既然如此，何必保持这种暧昧的关系，她不喜欢这种不清不楚的关系。这样想着，她克制了自己的感情，再不给他发短信。他觉得很奇怪，在那边静静地等着，一天，两天，终于，他憋不住了，给她发了短信，说：“怎么这么长时间没消息了？”她想了许久，在屏幕上写着：“我们已经习惯了这样的生活，对我们而言，生活不可能发生改变，既然如此，何必浪费感情和精力。就让我们在已经习惯了的生活方式上习惯现在的生活，而不要去改变什么。"

"速冻"爱情 60 天

多彩的青春年华，有着一段纯洁的感情。为了肩负更重大的责任，那么，让爱短暂地速冻六十天吧。

男孩边收拾书包，边想着放学后和女孩一起探讨关于高考的事。一抬头，发现抽屉里静静地躺着一封信，男孩好奇地拿起来一看，娟秀有力的字体，是女孩的笔迹。

男孩很是好奇，他不知道，女孩要对他说些什么。每天放学，在学校操场外面的小河边见面，已经成了一种习惯。从上学期以来，男孩喜欢女孩，女孩欣赏男孩，两人已有了一种默契。

高三了，在班里，出现这样一对对的，不只是男孩和女孩。早恋，已不再是不可告人的秘密，在同学中，似乎成了一种时尚。虽然老师每天都要苦口婆心地规劝，但收效甚微。这些将要成为天之骄子的学生们，深信自己可以做到爱情读书两不误。

男孩撕开信封，读着女孩的话语。飘着淡淡墨香的信笺里，女孩对男孩说："马上要高考了，眼看成绩下滑，面临着来自老师和父母的压力，我思量再三，郑重地告诉你，我们以后不再见面了。毕竟，对我们来说，前途才是最重要的。"

男孩看着看着，感到内心在哭泣。自上高二以来，看着班里的

随笔随语

几对情侣劳燕分飞，男孩曾不止一次，在心里惶恐着，自己与女孩的这段恋情，到底可以走多远。没想到，这一天，还是无情地来临了。男孩知道，迫使女孩做出这样决定的，还在于上次的模拟考试。

在班里，女孩的成绩是数一数二的，虽然，一边谈着恋爱，可是一点也不影响学习。这样的状况，持续到了高三。没想到，正当别人投来羡慕的眼神的时候，女孩的成绩却一落千丈，从前三名倒退到了几十名，老师哗然，同学哗然。正当同学们一个个感到震惊的时候，身为班长的女孩发出了演说，女孩激动地大声宣布，说："自己因为恋爱，导致学习成绩严重下滑。我决定，在剩下的日子里，断绝跟男孩的一切来往。"此语一出，全班哗然。而此时，正是男孩不在教室的时候，当有同学跟男孩转达女孩的意思以后，男孩还是不相信。凭着他们深厚的感情，能这样说散就散吗？

为了讨一个说法，在放学的时候，男孩故意站校门口等女孩出来。果然，女孩走近了，看到男孩，女孩先是愣了一下，随即面无表情地走了过来，淡淡地说："有事？"男孩听了，面对这样冷漠的脸孔，心先是紧了一下，随即，结结巴巴地说："没，没事，你信上说的是真的？"女孩听了，点了点头，依然是冷若冰霜的表情，说："当然是真的。"男孩不相信地追问道："为什么？我们已经交往了半年多，并没影响到学习！""有没影响学习，你不是看到了？我成绩的下滑，足够说明一切了。"女孩淡淡地说。"不。你还可以继续努力的，只是，请你不要给我这样的结局。"男孩声嘶力竭地咆哮着。"生活本来就是无情的。"女孩淡淡地扔下一句话，走了。

躺在床上，男孩第一次辗转难眠，只觉头痛欲裂。快到天亮的

用我的温柔为你疗伤

时候，男孩发狠道，分手就分手，既然你无情，别怪我无义。这样想着，从此，男孩与女孩形同陌路，再也不跟她说上一句话。男孩更加发奋地学习，只希望能有一个骄人的成绩，让女孩刮目相看。男孩决定出人头地。而班里的其他学生，看到拼了命在学习的他们，也一个个跟着收回爱的潮汐，只把所有的身心，放在了紧张的复习当中。

两个月紧张的复习过后，他们迎来了高考。在填报志愿的时候，男孩打听到女孩填了北方的一所重点大学，一气之下，他故意填上南方的某所重点大学。心里，只希望能离她越远越好。

火车缓缓地启动着，男孩坐在车厢里，听着轨道发出的轰轰的声音，心如止水。这时，手机铃声响了，是一条信息，男孩打开一看，是女孩发来的。屏幕上，静静地显示着一段话："在学习期间谈恋爱，错的不只是你，还有我。原谅我，那次考砸，其实是我故意的。我只是不想在这关键时刻，眼睁睁看着我们班的同学高考考砸，于是，带头跟你分手。今天，我们终于圆满地完成了学业，只是请你原谅，是我在高考前夕，强制让我们的爱情"速冻"60天！"

看到这，男孩只觉泪光闪烁，他轻轻地抚摸着手机上的字体，千言万语，只化成一句话：真的好想你！随着'滴'的一声，他让这句话，穿越了时空，穿过了大地、河流、山川，飞到女孩的身边。

高速公路上的爱情

高速公路上的爱情，原本就没那么光明与纯洁。男人的一段偶遇，

使得跑出轨道的爱情得到了回归。

　　男人开着一辆奔驰，行驶在高速公路上。汽车风驰电掣般地行驶着，男人的眼神平视前方，嘴里哼着《牵挂你的人是我》：

　　舍不得你的人是我，

　　离不开你的人是我，

　　想着你的人哦……是我，

　　牵挂你的人是我，是我……

　　男人正动情地唱着，想到刚才女人打来的电话，女人刚从外地出差回来，女人说很想男人，要男人快点过去。男人想了想，答应了。

　　从这里到女人那里，要经过一条高速公路。多少个温馨的夜晚，男人经过这条高速公路，陪女人看星星，看月亮，呵护着女人。

　　想着女人娇嫩的肌肤，女人撒娇的可爱模样，男人的心被融化了，陶醉在爱的漩涡里。

　　男人看了看前方，按以往的经验，过不了多久，就可以走完这段高速公路，可以见到女人了。

　　隐隐约约，男人看到前面有个黑影，随着距离的拉近，男人看清了，黑影是个小孩，正歪歪扭扭地骑着扭扭车，行驶在高速公路上。男人看到这情景，紧急刹了车，好险，再差一点点，就撞到小孩了。

　　"找死啊你。"男人停下车，从车里钻了出来，对小孩大声吼叫。小孩六七岁的样子，扑闪着一双大眼睛，惊恐地看着男人。

　　这是高速公路，你随时会被车撞到的，知道不？男人看到小孩那清澈见底的眼睛，想起了自己可爱的儿子，儿子比他小点，一样

用我的温柔为你疗伤

聪明可爱。

"嗯。"男孩看了看男人，似懂非懂地点了点头。

"告诉叔叔，你家在哪呢？你怎么跑这儿来了？"男人问。

"在那边。"男孩小手一指，男人顺着男孩手指的方向看去，不远处，高速公路的防护网破了一个大洞，估计男孩就是从那洞钻进来的。

"叔叔，你的车好漂亮，我爸爸也有跟你一样的车。"男孩开口了。

"是吗？那你告诉叔叔，你爸爸的电话号码是多少？叔叔打电话给你爸爸。"

"我爸爸。"说起爸爸，男孩的眼神黯淡了下来，说："我爸爸不要我们了。"

男人愣了一下，又问："那你妈妈呢？"

"我妈妈打麻将去了，自从我爸爸走了后，我妈妈天天打麻将，也不管我了。"

"你不好好在家待着，上这里干吗呢？"男人又问。

"我去找我爸爸啊。我爸爸走了后，我妈妈又是抽烟又是喝酒，我叫我妈妈别抽烟别喝酒了，老师说了，抽烟喝酒对身体不好。可妈妈说，她不抽烟不喝酒就会难受。我跟我妈妈说，我要去找我爸爸，妈妈说，爸爸在城市的另一头，要经过高速公路，可远了。可我不怕远，我趁妈妈不注意，偷偷地跑出来，我要去找我爸爸。"男孩说完，脚上蹬着地板，边摇着扭扭车，走了。

"停下停下，叔叔告诉你，这里离你爸爸那边很远很远的，这样吧，叔叔带你去吧。"男人说完，抱起男孩坐到座位上，又把那辆扭扭车放后备厢。他想把男孩交给高速公路上值班的民警。

男孩上车坐好，高兴地在座位上扭着屁股，唱着儿歌。男人看了看，会心地笑了。过了一会，男孩盯着前面挡风玻璃上一张女人的照片，那是男人上路时故意摆上来的。男孩看了看照片，说："这阿姨真漂亮，可是，我不喜欢漂亮的阿姨。"

男人听了，很诧异，他奇怪地问："为什么？"

"妈妈说了，爸爸就是跟一个漂亮阿姨走的。漂亮阿姨会夺走别人小孩的爸爸，当然不喜欢了。"

听了男孩的话，男人的脸'腾'地红了起来。他一手拿过照片，说："你不喜欢，那我们不摆了，好吗？"说完，男人把照片收进内衣口袋。

车行驶到值班民警处，男人跟值班民警说明来意，然后，转过身来对男孩说："你跟着这位警察叔叔，他会带你去找爸爸的，叔叔先走了。"

"叔叔，你去哪里呀？"男孩问。

男人看了看川流不息的车流和那笔直的高速公路，这条高速公路一直伸向远方。男人想了想，说，叔叔原来想去一个地方，但叔叔现在改变计划了，叔叔要去陪一个和你一般大的小男孩。

男人说完，长长地叹了口气，自己跟那个女人的爱情，是不是奔走在高速公路上的爱情呢？是啊，他们仅仅认识了一个多月，就已经如胶似漆了，而这段恋情，让男人丧失了理智。可是，为了这高速爱情，自己是否会付出沉重的代价？男人想到这里，心里有了想法。

保险箱的秘密

保险箱的秘密，写满女人的痴情。一个"爱"字，却有着道不完写不完的故事……

每天下午四点三十分，银行大门门口，都会传来一阵咔嚓咔嚓的脚步声。伴随这有节奏的脚步声，银行自动玻璃门徐徐拉开，走进一位气质高雅的女人。这女人高挑的个子，如水的肌肤，一身昂贵的服饰，一头瀑布般的秀发倾泻而下。

她款款走进银行地下室保险箱库房里，验证了自己的指纹和身份证。在这保险箱库房里，客户大都寄存一些古董、金银珠宝之类的贵重物品。她来到自己租的保险箱旁，从包里掏出一把小巧铮亮的钥匙，轻轻地旋转了几下开了门。

她拿出一本红色的小本本，打开来，里面贴有一张她和一个男人的合影，她和那个男人挨得很近，脸上漾满了幸福的微笑。

一看到这张照片，久存在心底的那份怨恨惆怅和失落就会消失得无影无踪，她飘忽不定的情感似乎也有了一种依托，那颗漂泊无助的心灵，也只有此时才找到停泊休憩的港湾。看着男人俊朗帅气的脸庞，一股甜蜜温馨的情感在心里滋生，让她不知不觉勾起了往日的回忆。

和这个男人的相识，是在南下的火车上。那时，她刚大学毕业要到南方寻找工作，男人坐在她的对面，同样是年轻人，同样孤身一人，他们就有了亲密的交流。从聊天中，他们彼此都知道对方到达的是相同的一座城市，火车飞速地奔跑着，她也被男人幽默的谈吐、豪迈的举动深深吸引住了。下车的时候，他们互相留了电话号码，两人就各奔东西了。

以后的日子，他们都会打电话互相联系，越来越深的交流，他们发现彼此深深地爱上了对方。至于他在从事什么职业，她却从不过问，她属于那种不爱打听别人隐私的女孩。后来，他们爱得如痴如醉天昏地暗，于是，他们同居了。在同居的日子里，男人不让她出去工作，他深情地对她说："宝贝，好好在家呆着吧，别累坏了身体。"她幸福地成了一只快乐的笼中鸟。每天早上，他吻着她鲜嫩的嘴唇跟她道别，晚上，他兴高采烈地满载而归。每天，他都会给她带回意想不到的昂贵礼物，项链戒指品牌内衣等等，让她深受感动。同居两个月后的一天，她发现自己怀孕了，她的心情如盛开的鲜花娇艳无比，她要给他一份惊喜。可无意中，她却发现了男人放在箱里的一张照片，照片中一个艳丽的女人幸福地靠在他身边，他的肩膀上骑着一个调皮可爱的男孩，她有了眩晕的感觉。接下来的日子，她也知道了男人是以诈骗为业，其实对于男人的职业，她隐隐约约早就觉察到了，只是陶醉在幸福中的大脑已无法支配她的行动，过着睁一只眼闭一只眼的生活，何况她也习惯了这样安逸的生活。当这些现实赤裸裸呈现在她眼前的时候，经过几次的思想斗争，她悄悄地到医院流产，想静悄悄地从男人的身边离开，却发现自己已经离不开那个男人。是的，她太爱身边的这个男人了，这个男人就像是她灵魂的附体挥之不去。之后的日子，她陪着男人走南闯北到处漂泊，干着他们共同的事业，勾画着他们的蓝图，而不管外面事情有没有办完，每天下午的这个时候，她都要赶着飞回来。

只有此时，只有在这静悄悄的保险箱库房里，看到那个小本本，她才有种真真切切的幸福，才能让自己幸福的思想驰骋在欢乐的田野上。无论刮风下雨，无论身心多么疲惫，她每天都要在这静静地待上半个小时。

可是，有一段时间，她却从来都不曾在这里出现过，也没有人知道，她去了哪里。

最后一次出现在保险箱库房里，她的身后多了两个人，两个穿着一身制服押解她的警察。她的脸呈现了死灰色，她抖抖嗦嗦地打开了她的保险箱，里面还是静静地躺着那个红本子。其中一位警察接过红本子来看了看，摇了摇头，长长地叹了口气，说："唉，又是一个痴情女"。她却面无表情地站着，两只眼睛迷惘地看着警察手上拿着的那本她和那个男人的假结婚证。

爱的守候

用心良苦的男人哈，以自己博大的胸怀，抒写着一段感人的爱情故事，使得这段即将分道扬镳的情感，终于得到了回归。

午夜 12 点，尹晓帆轻轻地打开房门。拉开电灯的那一刻，她被吓了一跳，只见丈夫宋一鸣正坐在客厅的沙发上。

"都几点了才回来？"宋一鸣一边随意地翻着报纸一边说。

"我。"尹晓帆咬了咬嘴唇，不好开口。过了一会，她终于鼓起勇气，对宋一鸣说："一鸣，我们之间已经没爱情可言了，我看，我们还是离婚吧。"

"我早知道会有今天的，离婚可以，可是你有没考虑儿子的感受？他马上高考了。"

"他已经长大了，会理解我们的。"尹晓帆说完，转身进了卧室。

尹晓帆跟宋一鸣是自由恋爱的，结婚后，两人同甘共苦，日子慢慢好转。这些年来，宋一鸣当上了单位一把手，尹晓帆辞职在家做全职太太，没事的时候，尹晓帆开着车出去，到处打麻将。也就是在那次的麻将桌上，尹晓帆认识了在工商局工作离了婚的马志伟。马志伟的举止谈吐引起了尹晓帆的注意，两人一来二去的，碰撞出了爱的火花。马志伟要尹晓帆跟丈夫离婚，他愿意娶尹晓帆，陶醉在爱河里的尹晓帆也厌倦了跟宋一鸣平淡如水的日子，答应了。她原以为宋一鸣会求她不要离婚的，或许她还会犹豫下，但看到宋一名如此干脆地就答应了，她更加铁了心要离婚。

两人约好了，找个时间去办理离婚手续。这天，两人正在房间里填写离婚协议，门铃响了。尹晓帆站起来开门，一看，不禁惊叫起来："妈，您怎么来了？"

站在门口的正是尹晓帆的母亲林老太太。林老太太原来一直待在老家，只在逢年过节的时候才会过来住上一阵。眼下，尹晓帆看到母亲没打招呼就到了家门口，她感到很诧异。而她和宋一鸣协议离婚，母亲是不知道的。

用我的温柔为你疗伤

　　林老太来了后，尹晓帆出门应酬受到了影响。有时，她想出去见见马志伟，刚走到门口，林老太开始说话了："晓帆，你去哪逛了？别忘了带上老娘哦。"尹晓帆不可能说她要去约会，一时找不到借口搪塞，只得说："我去超市买点东西。"这一说，林老太更想去了，说一人在家很无聊，要出去走走，尹晓帆只得带上母亲一起出去。

　　尹晓帆的母亲性格开朗，总要尹晓帆陪她出去玩，把尹晓帆搞得疲惫不堪。晚上吃完饭，尹晓帆总想找个机会溜出去，可林老太又开口了，说："晓帆啊，来来来，很久没打麻将了，手痒痒。"尹晓帆平时很孝顺母亲，难得母亲来一趟，当然不好意思拒绝了。

　　这天，尹晓帆正坐沙发上发愣，母亲急急跑了过来，说："晓帆，我跟你说件事。我们一位老乡要回老家，她在这里的店不开了，要转让，我们给她盘过来如何？"尹晓帆正烦着呢，说："开什么店啊，这年头哪有开店赚钱的。您老人家就好好享福吧，别瞎折腾了。"没想到林老太听了，竟揩起衣袖，边掉眼泪边说："唉，怪你父亲死得早，要不你弟弟日子也不会这么苦，他们夫妻俩没事做，整天到外面赌博，这哪还像个家呀。我是想把店盘过来，你弟弟、弟媳妇可以过来帮忙。"林老太说完，提着包走了出去。

　　尹晓帆以为母亲说着玩的，也没在意。没想到，过了几天，母亲跟她说了，店已经盘过来了，弟弟、弟媳妇也要过来了，要尹晓帆振作点。

　　到了这时，尹晓帆是推托不掉了。这店面靠近路边，命名为"晓帆袜业"，店里所卖的是各类袜子，短袜、长袜、高档袜、连裤袜等等。开张的第一天，上门来的顾客拥挤不堪，尹晓帆一家四口忙得团团转。

　　大家进行分工，尹晓帆会开车，每天一起床，就出去采购，回来后，忙着营业。因为店面靠近菜市场，很多送孩子上学的爷爷奶奶或者全职妈妈，送孩子上学之后就会到菜市场买菜，就会顺便走进店里，给店里的生意带来了活力。每次马志伟打电话过来，尹晓帆不是忙这个就是忙那个，连说话的心思都没了。

　　店开了一个多月，尹晓帆却因为疲惫过度病倒了。宋一鸣放下手里的工作，在医院照顾尹晓帆。尹晓帆打了两天的点滴，宋一鸣忙上忙下的，晚上宋一鸣陪着尹晓帆在医院过夜。半夜里，尹晓帆从睡梦中醒来，看到宋一鸣趴在床头上睡着了，尹晓帆看到宋一鸣沧桑的脸庞，已经多了几道皱纹。尹晓帆轻轻地抚摸着宋一鸣的脸，感到自己欠宋一鸣的真是太多了。

　　在医院住了几天，尹晓帆出院了。出院后，尹晓帆给马志伟打了一个电话，向他提出分手。

　　这天，尹晓帆从外面回来，走到店门口，听到母亲在跟谁打电话，只听母亲说："一鸣，以前的事你就不要放心上了。人这一辈子啊，大人有时也会像个孩子，会有迷路的时候。晓帆在外面有人是因为在家太无聊的原因，你当初的决定是对的，开个店，转移她的注意力。娘在这里也要感谢你的大度，是你的宽容，挽救了晓帆的回归啊！"

　　尹晓帆静静地听着，当得知这些都是宋一鸣一手策划的时候，尹晓帆不但没责怪宋一鸣，还深深地感谢他。她扪心自问，自己的情感出现问题，的的确确是一时的冲动造成的，唉，总是希望生活出现一点涟漪，却不知，平平淡淡的日子才叫生活。

用我的温柔为你疗伤

蜗 居

现实与电视剧里两条情感线条的交织演绎，一段情感路上的分岔，终于在心灵的唤醒中，有了理智的选择。

张丽参加同学会归来。

屋里黑漆漆的，看来老公又在外应酬了。张丽随手打开灯，"啪"一声，位于屋顶正中间的一组日光灯同时亮了起来，发出温馨淡雅的光。

粉红色的真皮沙发，明亮的茶几，家还是那个家，只是，张丽的心似乎没有完全回归。

百无聊赖，一时不知道做什么好。张丽想起朋友介绍的《蜗居》很精彩，于是打开电脑看了起来。

刚刚大学毕业的郭海萍和苏淳拖着行李箱来到藏在城市中的一个狭窄的里弄里，这里阴暗潮湿，但却是他们以后的家了。

十几平方米的房子里，杂乱不堪，厨房是跟别人共用的，厕所也是跟别人共用的。

张丽想起十年前跟老公到这座大城市的情景，他们虽然住在城乡接合部，虽然房租一个月才一百五十元，可是，比郭海萍他们住的房子好多了。至少，厨房是自己的，厕所也是自己的。

那是他们最困顿的日子。张丽没有工作，老公刚刚找到一份保险工作。晚上，张丽陪老公到各个小区挨家挨户拜访，希望能拉点业务，敲开门，看到的却是清一色冷漠的脸。如此，张丽和老公跑了几个晚上，都没拉到一张单子。

楼下是家快餐店，摆满菜肴的快餐台停满苍蝇。张丽和老公犹疑着点菜，心里盘算着菜的价钱。偶尔，他们会叫店老板下碗面条，碗里一条条挂面裸露着洁白的肌肤，几颗绿色的葱花点缀着色彩。

这样的日子过了三年。

郭海萍和苏淳共同的孩子——冉冉出生了，十几平方米的房子多了个孩子，再多了个郭海萍的母亲，连转身的地方都没有。于是，郭海萍的母亲把冉冉带回老家抚养。可是，因为冉冉没跟郭海萍住在一起，母女之间多了一份隔阂。

结婚三年后，张丽怀孕了。为了节省一些开支，张丽挺着大肚子回到娘家，用自己辛辛苦苦积蓄起来的钱，和妹妹合开了一家服装店。几个月后，儿子出生了，她边帮妹妹打理店铺边带着儿子。

儿子两岁后，张丽带着儿子投奔老公。此时，老公的业务已经做得风生水起，他们有了买房子的想法。

郭海萍为了买房子，天天和苏淳吃挂面，有时，吃顿泡面都算改善生活了。甚至有一次，就为了一块钱，郭海萍和苏淳吵了起来。

太现实了，张丽叹息着。回忆起以前跟老公过的苦日子，两人也是时不时吵架"真是贫贱夫妻百事哀"。让人高兴的是，老公懂得打拼，他们的日子渐渐好转，也终于，在这座城市拥有了一套房子。

想起老公的好，老公为了工作，经常在外面陪客人吃饭，房子的首付，也是老公辛辛苦苦积攒下来的。尽管如此，老公却从不喊

用我的温柔为你疗伤

一声累，为自己和儿子撑起一片晴朗的天空。他们再没因为钱的事情吵过架，一家人其乐融融。宋思明说："通往精神的路很多，物质是其中的一种。"果然没错。

这是他们第一次开同学会，大学毕业，至今已整整十年了。张丽见到了昔日的恋人霄涛。霄涛还是那么帅气幽默且不乏细心。一天相处下来，张丽感受到了霄涛对她的关心，特别霄涛看张丽的眼神，温柔，摄人心魂，让张丽怦然心动。

吃完饭出来，霄涛约张丽到外面走走，张丽答应了。他们畅快地聊着，聊起以前快乐的时光。张丽偷偷看了看霄涛，看到霄涛正迷离地看着自己，四目相对，霄涛不禁伸出手，紧紧揽住张丽纤巧的腰肢。张丽把老公跟霄涛进行对比，这些年来，老公一心扑在事业上，对张丽冷落许多。张丽是个情感丰富的女人，需要老公偶尔的甜言蜜语来点缀平淡的生活，可老公一点也不领情。

霄涛的热情让张丽意乱情迷，张丽陶醉地吮吸着霄涛洒下的浓浓蜜意。

郭海藻为了郭海萍，跟宋思明有了一次又一次的接触，从而碰撞出爱情的火花。很难说，他们之间是不是存在真正的感情。最终，宋思明自杀了，郭海藻为了保住生命，切除了子宫。太悲惨了，这结局让张丽难以接受。

粉红色的真皮沙发，明亮的茶几，雅致的装修。看到自己的这个家，显然，已不是蜗居的概念了，而是一个充满温馨幸福的家。看完蜗居，张丽好比凤凰涅槃，彻彻底底地重生了一回。

离不开天空的云

谁说分手就是一次心灵的解脱？那激荡心灵的歌曲的旋律，分明诉说着一段淡淡的忧伤。

"何小丽，你老公俊杰在外面养了情人，你不知道？"何小丽走在街上，迎面碰上邻居郭海英，郭海英神神秘秘地对何小丽说。

"不会的，俊杰他的为人我知道，她说过只爱我一个的。"何小丽不相信郭海英说的话，很有信心地答道。

何小丽十八岁的时候就认识了现在的老公俊杰，两人可谓一见钟情，一段甜蜜的恋爱过后，两人携手步入了婚姻的殿堂。

接下来，他们就有了六年的婚姻生活。

何小丽的儿子六岁以后，俊杰受朋友的邀请到县城一家洗浴中心当主管，何小丽在家带孩子。俊杰走了以后，每天晚上都要打电话给何小丽，说不尽的甜言蜜语，哄得何小丽的心里甜滋滋的。

可是，才走了几个月，关于俊杰的传言就来了。何小丽笑了笑，心想自己的老公处在那样的场合，带来一些流言蜚语是难免的，她相信俊杰不会做对不起她的事，所以不把它当一回事。

"何小丽，我刚从县城回来，晚上去找你，有特大消息告诉你。"这天，何小丽接到好友吴美华的电话，吴美华在电话里这样跟何小丽说。

用我的温柔为你疗伤

何小丽太高兴了，她和吴美华是从小玩在一起的好朋友，吴美华每次回来，两人都要聊个没完没了，俊杰甚至为此吃醋呢。

晚上，何小丽终于等来了吴美华，吴美华屁股一挨到椅子，就紧张兮兮地说："你呀，真是井里的青蛙不知外面的天，你老公在外面找情人的事大伙都知道了，就你还蒙在鼓里。赶紧想办法呀。"

何小丽却是一脸平静，她淡淡地说："果真有这事的话，天要下雨娘要嫁人也是没办法的事了。好，明天我去县城看看。"

第二天，何小丽带着儿子坐上长途车颠簸了两个多小时来到了县城，她径直来到俊杰所在的洗浴中心，站在大堂上，两手叉腰，大声叫喊："俊杰在哪里？我要找俊杰。"

保安见有人在大堂大声喧哗，连忙上前制止："小姐，有事请到这边来，请不要大声喧哗。"他们的嚷嚷声引来了好多围观的人。

"你给我滚开，我又不是找你，叫你们的主管俊杰给我滚出来。"何小丽不甘示弱，叉着腰叫得更大声了。

躲在一旁的俊杰丝毫不敢露面，他也没想到自己会做对不起何小丽的事来。在这洗浴中心，找女人是一件再平常不过的事了。那天，服务员婷婷邀请俊杰和她一起过生日，两人在宿舍里推杯换盏，渐渐地醉眼蒙眬，婷婷伏在俊杰的身上哭诉："你知道吗？我好喜欢你，从见你的第一天起我就爱上你了……"面对这样的情景，俊杰心里一动，在酒精的作用下，对着婷婷狂吻了起来，从那天起，他和婷婷的关系就成了公开的秘密。看到何小丽大吵大闹，俊杰躲在边上对保安挤眉弄眼，示意保安把何小丽请出去。

保安见有主管为自己撑腰，挺了挺胸脯，对何小丽说："小姐，请你出去好吗？这里是营业场所，有事回去再说。不然的话，我打110了。"

"打吧，快打啊。"何小丽拉过站在一旁懵懵懂懂的儿子，说："你们看看，俊杰的儿子这么大了，居然还在外面找情人。打110？好啊，你们帮我打吧，我正想打呢！俊杰是不是触犯了婚姻法，我还要等警察来评理呢。"

俊杰自知心里有愧，他知道何小丽不会善罢甘休，赶紧灰溜溜走了出来，涨红了脸对何小丽说："好啦，好啦！有话回去说。"边说边把何小丽连拖带拽地拉了出去。

过了几天，两人平静地离了婚。虽然俊杰一连声的道歉和苦苦的挽留，何小丽就是不给他机会。

离婚以后，大家一点看不到何小丽沮丧的表情，相反地，她的脸上始终挂着微笑，大家看到的都是她神采飞扬的样子。

众人不禁赞叹何小丽的洒脱，何小丽也只是淡淡地笑了笑。只是，没有人知道，夜深人静的时候，何小丽总会回忆起和俊杰相恋的日子，细心的邻居侧耳倾听，可以听到何小丽的家里总是唱着一首歌，是那首《离不开天空的云》，忧伤的旋律在空中飘荡："难道分手以后谁都不后悔？我连做梦都是你的美。如今你会是谁的谁，离开你就像离开天空的云。分手以后我的眼睛只剩泪，生活渐渐没有了滋味……"

用我的温柔为你疗伤

他是爱你的

"他虽然不善言辞，虽然木讷，可每次在我独处的时候，想到有那么一个人，能那么细致入微地关心我，体贴我，我就觉得有一股安全感！"其实，这已足够。

我正在整理行李的时候，门开了，进来一个衣着光鲜的女人。飘逸的长发，小巧的瓜子脸，很时髦的打扮。

"你是紫馨吧？"看到她，我下意识地叫了她的名字。我们是一起来参加笔会的，我比她先到一步。到了之后，我最关心的就是谁跟我同住一个房间。当看到紫馨的名字和我的名字排一块的时候，我记住了这个淡雅的名字。

紫馨很文静，举手投足间透露出一股优雅的气质。她把行李箱在地板上放下，弯腰整理衣服，我也接着整理行李，就这样边整理边聊。

客房的电话铃声响，我奇怪地拿起话筒，对我们才刚刚入住就有电话打来表示疑惑。话筒里，一个磁性的男中音在我耳膜回响，"您好，请问紫馨在吗？"我一下反应过来，说："在，您等下。"

紫馨婀娜着走了过来，拿起话筒，跟里面的男人聊着。不时地，紫馨的脸庞露出甜蜜的笑容。大约过了十几分钟后，才听见紫馨轻轻地跟对方说了"拜拜"。

紫馨接完电话后，从包里拿出手机摆弄着。

我正想开口跟紫馨说话，电话铃又响了。我再一次疑惑地拿起话筒，听到又一个男人的声音，"请问紫馨是住这个房间吗？"从声音里，我断定不是刚才那个男人。我忙不迭地说，是，您等会。

紫馨再次站了起来，拿起话筒。我竖起耳朵，听紫馨说些什么。紫馨说："我刚到，刚要给你打电话，手机没信号。"紫馨说话的语气淡淡的，没有刚才的欢快与喜悦。

接下来，紫馨对着话筒说了几声"好"，就挂了电话。

两个男人打来的电话，让我对紫馨产生了浓厚的兴趣。

接下来，开始我和紫馨的一场聊天。我宁愿相信，人与人之间需要缘分，正因为如此，才会使有的人相处一生也无话可说，而有的人萍水相逢却又非常投缘。我和紫馨的关系则属于后者。

紫馨跟我说话的时候，又从包里拿出一款手机，说"我老公真是可爱极了。"然后，紫馨告诉我，后来打电话的那个男的是她老公，在问紫馨怎么到了也没打个电话。紫馨说，因为她用的手机是网上买的，是款山寨机，每到一个地方就会没信号，要重新进行网络搜索，刚才紫馨拿着手机想给她老公打电话，却发现没信号。她老公放心不下，查询到了紫馨入住的酒店，问到了客房的电话打了过来。

你老公可真细心。我羡慕紫馨有这样的老公。唉，却听紫馨落寞地叹了口气。

接下来，是几天的会议。开完会出来，我和紫馨回到房间，坐在床上看电视，我看到紫馨拿出手机，却又轻轻地叹了口气。我问紫馨碰到什么烦心事了，紫馨说，她那山寨手机，一进房间就没信号，

用我的温柔为你疗伤

连短信都发不出去。我刚想把自己的手机借给紫馨，紫馨说她还有另一部手机，是出发之前她老公放进他包里的。她老公担心紫馨的山寨手机不可靠，于是买了一款新手机，悄悄放进她包里，想给她一份惊喜。

紫馨说完，从包里拿出新款手机，给朋友发了短信，并与朋友进行视频聊天。看着紫馨幸福的样子，我更加羡慕紫馨有这样一个好老公。

和紫馨在一起的最后一个晚上，紫馨告诉我，她发现自己和老公越来越无话可说，她老公木讷，憨厚，不懂得哄她，她感到生活平淡得没有一点味道。那次，她在网上认识了一位网友，就是第一个打电话找她的那个，跟他很聊得来，紫馨再次体会到了恋爱般的感觉。碰巧，网友就在我们开笔会的这座城市，紫馨打着开笔会的幌子，背地里来跟网友见面。

我和紫馨互相交换了电话号码，依依不舍地告别了。

两个月后，紫馨给我打了电话，和我聊了很多。她说，她和那位网友一起去爬山，没想到两人走着走着，竟迷路了，两人处在一个山谷里，心急如焚。这时，紫馨拿出新手机，听了多首音乐解闷。正在她想打电话向110求助时，发现手机里居然有导航功能，于是，按照手机里的提醒，从密林里走了出来。

紫馨说完，很愉快地对我说："我和那位网友不再来往了，现在想想，还是自己的老公好，他虽然不善言辞，虽然木讷，可每次在我独处的时候，想到有那么一个人，能那么细致入微地关心我，体贴我，我就觉得有一股安全感！"

第八辑　社会众生相

> *社会是一个大舞台，每个人在这个舞台上扮演着不同的角色。每个人所受的教育，所生活的环境不同，因此，反馈给社会的修养、价值观念也不同，于是有了社会众生相，在社会大舞台上呈现出多彩的人生。也正因为此，才使得社会充满多元化。*

大款同学

若干年后，当忽然发现有个大款同学时，内心是惊喜的，而当某一天，我们寄希望于大款同学，希望他能给予深处困境的我们一个帮助而遭到拒绝时，内心不知道是什么滋味。

楚歌很庆幸自己有一个大款同学。

当然，同学成为大款并非一朝一夕之事。楚歌是九零年的中专毕业生，中专毕业之后，同学们各个被安排到相关单位，楚歌被安排到一家钢铁厂，在维修部安安稳稳地工作。之后，娶妻生子，

用我的温柔为你疗伤

等孩子十多岁之后，楚歌也四十好几的年龄了。这二十多年时光里，他感到岁月就如一把刀，在他的心里刻下了沧桑，在他的眉眼里刻下了艰辛。楚歌老婆早在十几年前就下岗在家，刚开始还想着出去找份事做，找了段时间，总是处处碰壁，索性就待在家里，一家人挤在单位分的十几平方米的房子里，花着楚歌三千多块钱的工资。楚歌的女儿正上小学，上了小学之后，楚歌给孩子报名参加舞蹈班、英语班，这又是一笔不小的开销。有段时间，楚歌明显感到头发一直往下掉，楚歌也无暇顾及这些，一段时间后，才发现额头已经被夷为一片平地，光溜溜的脑门，使楚歌给人一种未老先衰的感觉。

楚歌喜好喝酒，晚上没事时，楚歌会打开酒瓶，从里面倒出一小杯白酒，就着几个花生米，慢慢地咪上几口。楚歌这样喝酒，只是解一点酒瘾，其实喝得并不痛快。他也知道，以他的经济能力，他不可能有喝痛快的那天。

不过，楚歌怎么也没想到，喝痛快的那天很快就到了。那天，楚歌接到一个电话，号码是陌生的，所在地显示北京。楚歌以为是谁打错电话了，于是犹疑地接起了电话。电话那头是一个男性磁性的声音，说："楚歌，我是韩麦啊！现在在你的城市出差，晚上出来一起喝几杯，我还约了几个同学一起。"楚歌一听，心里清楚了，韩麦真是他中专同学，那时俩人玩得还挺好的，中专毕业之后，两人偶尔还写信互相联系，他只知道韩麦毕业后在一家安装公司上班，后来的情况就不大了解了。楚歌想着老同学到自己所在的城市，好歹要做下东，不过楚歌自己平时日子都过得捉襟见肘，他时常莫名地会有一种四面楚歌的悲伤感，因此，更不用谈宴请同学了。也正因为此，楚歌从不出去喝别人的酒，他知道，一旦出去喝别人的酒，礼尚往来，自己逃不了要请别人喝酒，他羞涩的钱包不答应他这样做。

韩麦不知道楚歌的心思，只大大咧咧地说："楚歌，晚上六点半，牡丹饭店，咱哥几个好好喝下，一定来哈。"话都说到这份上了，楚歌想，再不去也太不够意思了吧。他换了身衣服，从抽屉里拿出仅有的一千块钱，这是他家一个月的伙食费。楚歌把一千元揣进内衣口袋，搭着公交车到了牡丹饭店。

楚歌下了公交车，往牡丹饭店走去。牡丹饭店是上了档次的饭店，楚歌也只在单位尾牙宴的时候去吃过一次。楚歌一边往饭店走去，心却怦怦直跳，他对这种高档次的场合有一股恐惧感，不需要谁的暗示，一到这种高档次场合，他的心就会乱跳。因此，他从不轻易上这种场合。

边上一阵喇叭声响，楚歌回头一看，好一匹悍马，这车最少也要百来万，有钱人啊！楚歌心里想，正想闪到一边，却看到车里走下一个身材魁梧的汉子，看到楚歌，哈哈地笑了起来，说："你是楚歌吧？这么多年都没咋变化啊。怎么，头发都掉光了，哈哈。"楚歌一愣神，从汉子脸的轮廓看出是韩麦。楚歌不好意思地笑了笑，两人边聊边走进饭店。

当晚，几个人喝了好几瓶红酒。结账的时候，楚歌想去付钱，韩麦却抢先用银行卡买了单。有其他同学善意地对楚歌说："楚歌，让韩麦买单吧，他是大款，不在意那几个钱。"走出饭店时，楚歌听到同学说晚上吃饭花了六千多，楚歌心里想：我的妈呀，这可是我两个月的工资。

这之后，楚歌与韩麦联系多了起来，韩麦没事的时候也会打电话给楚歌，两人聊聊天。韩麦很讲义气，知道楚歌生活比较困难，总是找借口帮助楚歌。韩麦到楚歌所在的城市次数也多了起来，来的目的只为了与同学喝酒聊天。韩麦在一次喝醉酒的时候说："我说哥们，这么多年来，我最看重我们之间的同学情，这是很单纯的一种感情。所以，我喜欢找你们喝酒说话，这样，我心里就会感到舒畅……"韩麦的话把同学感动得都差点掉下眼泪。

没多久，楚歌所在的单位倒闭了，楚歌领着几万元补贴回家了，结束了上班的日子。楚歌失业之后，几乎是天天往外面跑，想再谋一份职业。可是，已经过了35周岁的楚歌很难找到一份合适的工作，楚歌心里感到从没有过的压抑。

又一次同学聚会上，楚歌开玩笑跟韩麦说，希望能去韩麦公司打工，解决就业问题。韩麦看了看楚歌，正正经经地说："楚歌，说实话，别的事情我可以答应你，这个事情我不会答应你。你想想，我们同学之间因为有了这份距离，才可能玩得这么好，要是你到我公司上班，你做错事，我要不要批评你呢？不批评，我心里难受；批评，你心里难受，我们之间肯定也会产生隔阂。而且，我公司的事务我不想让你们这么清楚地了解。你要是到我公司上班，你说我还能有跟你们畅谈心思的机会吗？"

变

随着年岁的增长，渐渐的淡化了昔日的友情。那世俗的观念，带走了纯真的友谊，是这社会变化太快，还是我们自身出了问题？

秋葵家的龙眼收成了，长势喜人，可以卖个好价钱了。晚餐时，菊花边帮铁柱装饭，边有意无意地说了句。

"妈妈，我要吃龙眼。"菊花十岁的儿子乐乐听了，嚷嚷道。

去去，大人说话你倒听得仔细，要吃改天妈妈买给你吃。菊花嗔怪孩子。

菊花和秋葵是好朋友，两人是高中同学，形影不离度过三年高中时期，结下了深厚的友谊。高考那年，两人双双落榜，没几年，秋葵嫁到了十几公里外的北坑村，菊花则嫁到镇上去了。秋葵嫁过去那年，龙眼成熟季节，秋葵热情地装了一大袋子的龙眼送到菊花家。第二年龙眼收成时，菊花在镇上碰到了秋葵，秋葵面前的箩筐里装满了龙眼正大声叫卖，看到菊花，秋葵手忙脚乱地抓了个袋子，装了一小袋龙眼要塞给菊花。菊花一抬头看到秋葵一额头的汗水，被晒得黝黑的皮肤，和一双粗糙的手，心里想着，秋葵也真不容易，嫁到北坑村之后，由于种的果树多，天天早出晚归，秋葵变黑、变丑了。再看看自己，嫁到镇上后，在镇上开了家服装店，不用风吹日晒，皮肤依然白嫩。菊花这样想着，不忍心白拿秋葵的龙眼，从钱包里掏出了二十元钱，一把塞给秋葵。秋葵嘴上推托着，抓着二十元的手却往回缩。菊花看

用我的温柔为你疗伤

在眼里，心里觉得不是滋味，想起高中时候两人结下的友谊，已经随风而去了。菊花与秋葵打了声招呼，跨上自行车走了。

这之后，菊花和秋葵越发少了联系。第三年，菊花和秋葵都生了个儿子，两人各忙各自的生活，再加上不住同一个村，更是少了联系。菊花去过一次北坑村，那道路蜿蜒曲折，一路上都是山路，路的两边高山耸立，树木苍翠欲滴，景色倒是不错。俗话说得好，靠山吃山，因此，秋葵嫁到北坑村之后，种了很大一片果树，一年收入几万元。相比之下，菊花钱赚得更容易一些，菊花的老公是一名小学教师，有固定工资，菊花自己经营服装店，一个月也可以赚个两千来块。

今年，菊花家有了新的变化，那就是买了辆十几万的私家车。菊花老公说了，学校很多教师都买车了，咱家再不买车，就跟时代脱轨了，给国家拖后腿。菊花想想也是，现在跟同学聊天，都听说谁家买了什么车，看来，咱也要跟上时代潮流。夫妻两个商量好了，马上赶往县城选车，一个下午之后，买了辆大众朗逸。

车买回来后，每到周末，菊花老公总带着孩子四处溜达。菊花忙着开店做生意，忙得无法抽身。孩子由老公带，乐得她一个人在家清闲，菊花有时要到市里进货，也是老公开车送她去。可别小看这十几万车，倒使生活方便不少，菊花和老公不时在说，这车早就该买了，出门多方便。

这天是集日。镇里的集日是很早以前就传下来的，五天一个集日，街上热闹很多，赶集的人多了很多，热闹非凡。每到集日，菊花店里的生意也好很多，菊花总是忙得不可开交。这不，她正低头给一位顾客找钱，一个清脆的声音响了起来，说："菊花，在忙啊！"菊花抬头一看，是秋葵。菊花有点意外，虽说她有好几次都看到秋葵从店门口走过，但看到秋葵看都没看她一眼，也就装作没看到。今天秋葵主动走进店里，菊花感到很意外。

"秋葵，你今天有空到我这了，坐吧！"虽说心里有点疙瘩，菊花仍然热情招呼。菊花边叫秋葵坐，心里边猜测着秋葵到她店里来的目的，俗话说，无事不登三宝殿，她猜想秋葵不会无缘无故来找她的。

"菊花，我家龙眼成熟了，啥时候到我家摘龙眼吃。"秋葵热情地说。

"不用了，我这边买很方便，你留着卖吧。"菊花客气地说。

"一斤一块五，卖也卖不了多少钱，你来吧，我说真的。"秋葵急切地说，生怕菊花拒绝似的。

"好吧，我看有时间就去。"菊花客套地答道。

秋葵问了菊花的电话号码，嘴里说还有事，急匆匆地走了。菊花并不把秋葵的话放在心里，依然忙自己的事。

后来的好几天，秋葵打了好几个电话给菊花。电话的内容却是相同的，就是叫菊花到她家摘龙眼。末了，秋葵有点埋怨地说："我知道，你现在日子过得比我好，看不起我了。"

"秋葵，你可千万别这样说。好吧，我答应你，这个周末去你家摘龙眼。"末了，菊花终于下定决心。

太好了，我在家等你。秋葵高兴地说。

菊花家的车停在秋葵家门口时，引来了秋葵周围邻居的关注，大家远远地看着菊花家的车，纷纷议论着。菊花忽然想到，北坑村

用我的温柔为你疗伤

虽然离镇上才十几公里，但是这里的生活却和镇上的生活水平出现很大差距，村里的生活水平比镇上低很多，因此，北坑村的村民难得看到一辆小轿车到他们村，要是村里谁家来了远方亲人或朋友，都会引起村民的羡慕。

秋葵招呼菊花一家三口坐下，自己急匆匆地赶到屋子旁边的果园里，才几分钟，就摘回了一大袋的龙眼。菊花看到这么多龙眼，想起十年前的情景，不禁动情地对秋葵说："秋葵，谢谢你！"

"谢啥谢，都老朋友了，还这么客气。"秋葵说。

有很长一段时间，菊花都搞不懂秋葵热情的原因。一天，秋葵的一个闺蜜对菊花说了缘由，说秋葵看到菊花买车了，就特意叫菊花去她家摘龙眼。要知道，在北坑村谁家有开着小车上门来的朋友，那个人在北坑村就很受人尊敬，在村里可是很有面子的事。

暖　意

有时候，我们要感谢岁月的流逝。时间长河中，总有一些不愉快事情的发生，逐渐的，被时光的河水渐渐冲淡，于是，使我们的行动有了好的改变，心，也变得柔软起来。

他吹着口哨，走进了车库。

车库里，停着他的爱车，一辆崭新的奥迪Q7。

他打开车门，一脚跨进去，正要在豪华的驾驶位置落座，却感觉裤脚处有动静。

他不自觉地低下了头，发现一只黑白相间的小猫，正不断地用爪子磨蹭着他的裤脚。他阳光般的心情马上受到影响，不耐烦地对黑白猫吼着：去去去。边说边把那只脚往回缩。

黑白猫明显被吓到了，一双惶恐的眼睛盯着他看，同时身子向后退缩了几步。

他心里根本不在意，正要再一次地收回那只脚，裤脚处明显又出现了异常。不出他所料，仍然是那只黑白猫。

黑白猫的两只眼睛和他对视着，忽然，黑白猫转过身去，飞快地往前奔跑了一段路，然后停了下来，向他喵喵地叫着。他忽然对这只猫产生了兴趣，眼光不禁在黑白猫的身上多停留了几秒钟。黑白猫的视线始终在他的身上，朝着他又是喵喵地叫了几声。看到他无动于衷，黑白猫又向前走了几步，然后又回过头来朝着他叫了几声。他忽然心下一动，这黑白猫的举动，明显是要向他传递什么信息，为了探个究竟，他索性关掉车门，向着黑白猫走去。

就在他要靠近黑白猫时，黑白猫却又转过身朝前走去，只不过走了几步之后，黑白猫马上又掉头回来朝着他看，生怕他跑了似的，然后喵喵地叫上几声，又继续往前走。

大约走了几十米，黑白猫把他带到一处阴暗的角落，角落里，一只白色的猫通体雪白，正蹲在角落处休息，听到声音，白猫有意识地站了起来，在站的过程中，白猫的两只脚颤颤巍巍的，白猫向他发出了低沉的喵喵的声音，似乎是在向他诉说着什么。他心里豁然开朗，才知道黑白猫把他带到这里来的目的，是让他救这只同伴。他不知道这两只猫是什么关系，是情侣关系夫妻关系还是朋友关系，

用我的温柔为你疗伤

对他来说，什么关系并不重要，重要的是这只猫需要他的帮助。

眼前的情景触到了他内心的柔软处，他在心里佩服黑白猫聪明的举动，谁说动物没有思想呢，这只猫分明有着人类的思维。他为这两只猫之间的真挚感情所打动。

他转过身，从车库出口走了出去。他首先想到的就是，这只白猫生病躲在这里，吃饭都成问题。黑白猫虽然有心帮助白猫，但是不方便带食物。他到路口的一家早餐店买来了它们喜欢吃的小鱼干和米饭，送到角落放在它们面前。白猫并不马上去吃眼前的食物，仍然睁着一双胆怯的眼光看着他。看来，白猫还是怕生的，为了让白猫放心地吃食物，也因为他急着出去办事，他离开了那个地方。

第二天，他起床的第一件事就是想到那两只猫，一个晚上过去，不知道那只白猫身体恢复得怎么样了？他从家里找出没用的纸箱，又找来一件旧衣服，急匆匆地就往车库赶去。

昨天买来的饭和鱼，已经被猫吃光了。黑白猫还守在白猫身边，看到他走过来，白猫站了起来。经过一个晚上的休息，白猫明显好了很多，站起来再不会摇摇晃晃了，虽然还有些摇摆，但是可以看出，比昨天已经好了很多。

他把两只猫抓进纸箱里，两只猫似乎知道他的用意，并没做任何反抗。他两只手端着纸箱，来到了小区的广场处，在一处凉亭底下，他放下了纸箱，把纸箱的口朝外，让两只猫方便进出。明天，他就要出差了，这两只猫需要照顾，他特意把猫带到这里，是因为这里经常有很多人来往，大人小孩，有男有女，有年老的有年轻的，他相信两只猫会得到很好的照顾。而放下凉亭底下，是担心万一下雨，两只猫不会被雨淋湿。

一个星期之后，他回来了。这天，他带着一位老人来看这两只猫，远远的，他看到黑白猫在旁边的一棵树上爬上爬下，而白猫却不见了踪影。他用急切的眼神四处搜寻着白猫的身影，看到了，不远处，白猫正在一位女孩的怀里，慵懒地伸着腰肢，女孩则用两只手轻柔地抚摸着白猫的毛发。这温馨的一幕，使他会意地笑了。他对那位老人讲诉了这两只猫的故事，但是没人知道他和这位老人的关系，这位老人是他的生父，在他小的时候，他的亲生父亲把他送给别人抚养，长大之后，亲生父亲这边再没一个亲人，亲生父亲老了，需要人照顾，而他，虽然日子过得很富裕，但是在他的内心深处，总是对他父亲怀恨在心，恨父亲把他送给别人。这两只猫的举动，让他的心灵产生了震撼，他意识到自己在做一件错事，于是，赶到了千里之外的老家，把父亲接到身边。

远处的阳光暖暖地撒在身上，使人从内心到外表，都能感受到一种温暖，而他，也感受到了浓浓的暖意。

不能试吃

我们总是说："无商不奸。"这社会，越来越多的眼光在利益上聚焦，于是，人与人之间的诚信慢慢缺失。不能试吃是营销的一种手段吗？

和朋友到一个旅游景点玩，我们顺便逛进一家商店，想买一些

用我的温柔为你疗伤

当地特产回家。

　　商店里的柜台上，密密麻麻摆满了许多果脯。朋友说，这里的果脯比我们那边的超市便宜，买点回去吧。我一看，果脯是一罐罐加工后包装好了的，有橄榄、葡萄、无花果肉、话梅等等，达十几种之多，每一种果脯都可以让游客试吃。

　　这时，我看到货架上摆了多瓶蓝莓，就想试吃下蓝莓的味道，因为长这么大，还没吃过蓝莓呢。我在试吃区找了许久，唯独蓝莓没有提供试吃。我开玩笑跟服务员说："蓝莓怎么没得试吃呢？是不是不好吃？"服务员甜甜地笑了笑，说："不是的，是因为游客都知道蓝莓的味道好，都是几罐几罐的买，没试吃的必要。"看着服务员迷人的微笑，我相信了她的话，和朋友各自买了几罐。

　　回家后，儿子迫不及待打开蓝莓罐子的盖子，津津有味地吃起来。无意中，我忽然发现儿子满嘴蓝色，再看儿子的手，也是一样，我赶紧叫来老公，老公看了后说："这蓝莓是假的，这其实就是一般的话梅，被商家染成蓝色。"

　　我听了，顿时蒙了，赶紧上网百度，发现原来蓝莓是一种浆果，类似于葡萄，是没有核的。而我们吃的蓝莓，里面的核却比较大，类似于话梅的核。到了此时，我才知道不能试吃的原因了。

大照片，小照片

**　　身处某个职位，总会被身边的世俗观念所束缚。于是，每天战**

战兢兢地工作成了一种常态。

不知什么时候开始，我在我们单位出名了，而这其中的原因，只因为我擅长写点文字，在全国报纸杂志上发过一些豆腐块文章。

本来，我是机修科的一名普通修理工，就因为这方面的特长，我们政工党委书记看中了我，要我到政工科负责宣传工作。这可是我梦寐以求的愿望，我正打算给单位领导送点礼，捞个这样的美差事，没想到天上掉馅饼了，这事居然梦里成真了。

在机修科时，做梦都想着进政工科是多幸福的事，没想到政工科的事情却也是多如牛毛，单单一篇新闻稿件，就要来回改上好几遍。碰到周末更是忙着加班，原来在机修科还有点闲工夫写点自己喜欢的文字，不成想进了政工科之后，连豆腐块文章都挤不出时间来写了。后来，在政工科待久了，我才意识到，这里存在的问题就不单单是没日没夜工作的问题，更大的问题还在后头呢。

这天，政工科长把一篇排版稿放在我面前，要我看看内容有什么问题，我赶紧放下手里的活，仔细地看着稿件，一字不漏地看起来。

说来话长，科长之所以如此战战兢兢，是因为前段时间，在一篇通讯稿里，科长把我们党委书记的名字打错了，把"臧"打成了"藏"，结果我们的臧书记成了藏书记，此时要更改名字已经来不及了，因为报纸已经发下去了，我们这可是三千多人的厂啊！结果还好我们的臧书记没发现到这个问题的存在，其他人也没发现，我们政工科的全体成员包括科长在内，才长长地舒了口气。再接下来，我们的科长本着一朝被蛇咬十年怕井绳的情怀，在报纸印刷之前，

用我的温柔为你疗伤

总是要求我们检查一遍又一遍还不罢休，非得到第二天大家都收到报纸之后，没有任何反馈，他才会悄悄松口气。

因此，每次科长交给我任务之后，我都是以注意力高度集中的状态对报纸的内容进行检查。

我一字一字地仔细检查着报纸内容，正在庆幸这次的内容没有任何差错时，忽然，报纸上的两张照片让我冷汗涔涔了。这两张照片一张是我们党委书记的照片，一张是经理的照片，按说党委书记官职比经理大，他的照片应该比经理的照片大，但眼下却是经理的照片比党委书记的照片大。我们的单位属于企业负责制，再怎么说经理手下也管着三千多号人马，在这样的情况下，党委书记照片和经理照片一样大是最好的处理方式，可是，现在却是经理的照片大于党委书记的照片了。

有如哥伦布发现美洲大陆，我把这一伟大发现告诉了我们科长，科长看到了，紧张地说："你赶紧给印刷厂打个电话，叫他们停下，看已经印好了多少份，全部收回搅碎。"听了科长的话，我急急地给印刷厂打了电话，对方告知已经印好了几百份，我赶紧跟对方说暂停，等我们新的版面送过去了再印，这之中产生的费用我们自己承担。

打完电话，我转身看了看坐在办公椅上的科长，时令虽然已是寒冬，我们的科长的额头却是冒出了汗珠。我走过去跟科长汇报说事情已经处理完毕，科长看了看我，抹了抹额头上的汗，对我露出了感激的神色，说："小李啊！这次多亏你了，不然，我这科长的乌纱帽非丢了不可。这样吧，为了鼓励你这次出色的表现，我决定咱科发你五百元奖金……"

改　变

每个人，总是有着这样那样的发财梦，膨胀的内心，无法填满欲望的沟壑。却不料，一心想着改变生活状态的人啊，生活状态却是越变越糟糕。

走在街上，前面一部骐达车朝我大按喇叭。等我回过神来，看到车窗探出一个头来。我一看，原来是初中同学徐军，看这小子油光满面，加上久别重逢的喜悦，我跟徐军聊了起来。

通过聊天我才知道，徐军这小子混得不错，自己开了家装修公司，事业红红火火。家里妻子温柔体贴，儿子乖巧伶俐。真是让人羡慕！

"对了，你有炒股吗？"聊了一会，徐军问我。

看我在摇头，徐军轻轻地叹了口气，说："唉，这社会哪有不炒股的，你知道我们班的张磊吗？炒股赚了五十万，还有那个海霞，就我们班那个小个子，也赚了二十万。"徐军激动地说。

"你看我，这下正打算去开户。"要告辞的时候，徐军兴奋地说。

"股市有风险，入市须谨慎。"听徐军说得热火朝天，我冷不丁给他泼了瓢冷水。

"嗨！你们女人不懂。你没听电视上的广告吗？投资股票，明智的选择，理财，改变你的生活。我打算通过炒股，把骐达换成奥迪，再把三房一厅换成楼中楼。"徐军说得唾沫横飞。

用我的温柔为你疗伤

"要不，你也试试吧！我们一同扎进股市？"末了，徐军怂恿我。

"还是算了吧，我不是炒股的料。"我笑了笑，微微地摇了摇头。

听我这样说，徐军感到很失望。我们相互告别后，各忙各的了。

这以后，再没看到徐军。

一天，我依然走在街上，听到后面有人在叫我。我回头一看，只见那人胡子拉碴的。我看了看，根本不认识，于是转身就要离开。

"梅子，是我啊！徐……军。"见我要离开，那人急了，结结巴巴地对我说。

"啊！你怎么变这样了？对了，你不是炒股去了吗？改变生活了吗？"我关心地问。

"何止是改变，变化可大了。你没看我骐达车变成自行车了吧？因为炒股，我房子也卖了，外面还欠了几十万，老婆也带着儿子回娘家了。"徐军哭丧着脸说。

送货上门

送货上门，其出发点是为着顾客考虑，可是，如果僵硬的思维不懂得变通，只会取得相反的效果。

林秀莲有上淘宝网的习惯。每次，她总能淘到一些物美价廉的货品。面对别人啧啧的称赞声，她的心里美滋滋的。

这天，林秀莲依旧在网上溜达，她无意中闯到一家狗粮店。林秀莲仔细看了一会，发现这些狗粮跟自己平时买的，一斤可以便宜好几块钱。林秀莲跟店主取得联系后，跟对方说要购买二十斤。对方说可以，不过寄的不是快件，而是走物流，运输费 30 块钱也是要林秀莲自己掏腰包。

林秀莲想了想，就算加上 30 元运输费，比自己平时购买的，仍可以便宜几十块。于是，答应了对方的要求，并付了款。

转眼一周过去了，这天，林秀莲终于等来了物流公司的电话，说货已到机场，问她是自己去取还是要送货上门？如需送货，则要加收 30 元的送货费。林秀莲听了，不禁傻了眼，她跟对方解释，自己已经付了网运费。对方跟林秀莲说："我们不是普通快递公司，所以，公司一般是通知对方自己取货，如需送货，则必须加收 30 元送货费。这是公司规定的。"

林秀莲听了，有一种上当受骗的感觉。可是，自己花了几百块钱的东西总要拿回来吧。她想了想，自己打车到机场，来回车费也要几十块，不如让对方送过来。于是，她跟对方回复说要对方送过来。

过了半个小时左右，林秀莲的手机响了，是物流公司的送货人员打来的。林秀莲接了电话，只听对方说："林太太，我已经到你们楼下了，请问是您自己下来取呢还是帮您送上去？"

"帮我送上来吧。林秀莲说完，在电梯门口等着。

过了一会，货送上来了，送货人员说："有一件事得跟您说下，按照我们公司的规定，30 元送货费是指将货物送到楼下，若上楼入户，则要另外加收上楼费，如果是步行梯，一层加收 20 元，如果是电梯，则每层加收 10 元。"

林秀莲听了，差点晕倒在地，她住的可是第 32 层啊。

最好的惩罚

俗话说："无以规矩不成方圆"，在某一方面，谁越规矩一步，谁就要付出代价，即便，有可能这是一个黑色的幽默。

汤姆斯骑自行车到外面办事。办完事以后，他走了另一条路线，这条路线离他家比较近，但必须横穿一条步行街。

汤姆斯左看看又看看，他知道，自己要横穿马路，首先要躲过警察。汤姆斯在熙熙攘攘的人群中，没找到警察的身影。于是，他脚一蹬，就要骑着自行车穿过马路。

"站住，站住。"汤姆斯刚露出半个头，就听到有人喊了起来。汤姆斯一看，只见一个警察从前面飞奔着跑了过来，拦住了他的去路。汤姆斯没办法，只得乖乖下车。警察说："对不起，先生，这是步行街，禁止自行车在街上行驶。"

"那我下来推着自行车走，这样总可以了吧？"汤姆斯说完，推着自行车就要往前走。"这可不行，按照有关规定，就算推着自行车走也是违规的。"

汤姆斯有点不高兴了，但他还是低声下气地跟警察说："您行行好吧。我家就在对面，相隔不过四五米的距离，难道你叫我绕一大圈才回家吗？"

"就是这样的，先生。"警察拦在自行车前面，丝毫不肯让步。

"您就放过我一次吧，我保证，下不为例。"汤姆斯再次说好话。

"我说不行就是不行，没什么好说的。"警察一脸正气。

汤姆斯还是苦苦哀求，但警察就是无动于衷。汤姆斯绝望了，他正想退回去，这时，只见一辆坐满乘客的小轿车从前面行驶过来。汤姆斯顿觉眼睛一亮，他大声惊叫道："你看看，那边有车在街上行驶，你不去阻止，一直拦着我有什么意思？"他希望趁警察去追那辆车的时候，自己就可以穿过马路了。

没想警察不吃他这套，汤姆斯看到，警察不慌不忙地拿起对讲机大声喊着："01，01听着，我是02，有辆轿车向你方向行驶，注意拦截。"只听对方说："放心，已命令他们回头。"

警察挂掉电话。这时，汤姆斯看到，有几个人推着那辆轿车从远处走了过来……

职业使然

日复一日的生活，需要笑声来点缀。职业使然给我们带来会意的一笑，使生活多了许多色彩。

文友告诉我，我的一篇文章在某家报纸上发表了，我听了，高兴极了。

我喜欢收集样报，这次也不例外。为了及时准确地收集样报，我问了QQ群里的文友，这家报社是不是有寄样报，他们说法却不一，有的说有，有的说没有，有的说这报纸到处都有得卖，自己买一份

用我的温柔为你疗伤

算了。

听了他们的话，我赶紧溜出办公室跑到楼下的报刊亭买报纸。老板说，你来迟了，这报纸早上就卖完了。

我遗憾地离开报刊亭，此时下班时间也到了，于是闷闷不乐地回家。

老婆看到我愁眉苦脸的样子，关心地问我发生了什么事。我跟老婆说了事情的经过，老婆撇了撇嘴，不屑地说："嗨！我还以为什么大不了的事。我们邻居张师傅不是邮递员吗？找他不就得了。"

我直夸老婆聪明，转身去敲张师傅家的门。开门的正是张师傅，张师傅热情地问我需要什么？我把找报纸的事跟他说了。张师傅听了，笑眯眯地说："这事简单，包在我身上了。不过，还要麻烦你帮我查出这报纸的刊号。"这还不好办！我又返回去找文友要这家报纸的刊号。

只一会，我就拿到了刊号，又去找了张师傅。张师傅热情地让了座，掏出本子记下了刊号，然后笑眯眯地对我说："180块。"我听了，奇怪地问道："什么180块？"张师傅也奇怪地看着我，说："报纸啊！你不是要报纸吗？"我说："是啊！我要报纸啊！"我想了想，然后醒悟似的跟张师傅说："呵呵，我知道了，您在跟我开玩笑吧！"张师傅听了，瞪大了眼睛说："谁开玩笑啊！就180块。"我惊叫一声，说："天价啊！一份报纸180块？"张师傅不服气地说："这价格不贵啊！你不是要订报纸吗？这是半年价啊……"